Quand l'Diable s'en mêle

Claire Hamelin Manning

ISBN 978-2-89735-667-5

Table des matières

L'aube de l'histoire

Un soir d'été où la pleine lune partageait le ciel avec des milliers d'étoiles, un alchimiste s'avança vers un gigantesque chêne près du sommet d'une petite colline. Il fit son chemin vers l'arbre à l'aide d'un bâton sculpté qui émettait une couleur bleu pâle.

Il était vêtu d'une longue robe bleue et blanche. Sous son chapeau haut de forme, ses longs cheveux bruns et sa barbe virevoltaient à chaque caresse du vent. Ils étaient si longs qu'ils rasaient le sol. On aurait pu dire facilement qu'il ne les avait jamais coupés de sa vie. De son sac qu'il avait à l'épaule, il sortit un livre volumineux.

La couverture du livre était couverte de cuir noir, élégamment gravée de flammes et juste en dessous, une rose rouge partiellement en floraison.

Il plaça son bâton sur le sol et descendit lentement sur ses genoux pour déposer le livre au pied du chêne. Ce fut la dernière fois qu'il entendit le son habituel provenant du livre : le crépitement du bois dévoré par les flammes, qui signifiaient tant pour lui.

– Votre héritage doit être transmis à quelqu'un d'autre. Quelqu'un devra venir ici, vous trouver et découvrir ce qui est lié au sein de votre couverture. Je dois vous abandonner à votre propre destin… Au revoir, mon cher ami.

Reprenant son bâton du sol, il leva le bas de sa longue robe, pour qu'il puisse reprendre pied. Il jeta un dernier coup d'œil sur le livre et le grand chêne, et s'éloigna. L'alchimiste n'est jamais retourné à cet endroit. Il n'a jamais été revu depuis. Près de ce chêne ou n'importe où ailleurs sur la planète. Il s'agissait de sa deuxième et dernière visite sur ce site et du monde des mortels.

Il s'appelait Thomas. Il possédait une personnalité très énigmatique. Il aurait pu être l'un des derniers alchimistes restant, ayant existé à l'ère du Moyen-âge ou même avant cette époque comme l'un des vraisemblables ancêtres médiévaux de la chimie. Mais personne n'a pu vérifier avec certitude si cela était vrai. Il fut le protecteur du livre durant plusieurs années. L'information contenue dans le livre était dite très vieille de plusieurs siècles.

D'une légende qui n'a pu être profondément approfondie, ce livre lui avait été conféré par un être qui provenait d'un autre monde. L'auteur se nommait Belzébuth.

Le contenu du livre n'avait pas une origine terrestre.

Le Livre

Il était une fois un livre qui possédait un très grand pouvoir. Seuls ceux qu'il autorisait pouvaient l'ouvrir pour voir et lire son contenu. Chaque fois qu'un « pur de cœur » l'ouvrait, tout son environnement se transformait en un monde très futuriste.

À leur grand étonnement, un monde fabuleux leur apparaissait. Alors que le paysage semble aussi naturel que celui de la Terre, avec des arbres, des rivières, des océans, des montagnes avec des calottes glaciaires, etc., tout le reste est construit de pur cristal bleu. Tous les bâtiments et les gratte-ciels sont étincelants. Ce lieu avait été créé très paisible afin que toutes les personnes dans ce monde puissent s'épanouir.

Elles vivent apparemment dans ce monde depuis des millénaires et sont les directes descendantes métaphoriques de Belzébuth.

Belzébuth n'est pas le diable comme certaines civilisations l'ont décrit. Bien au contraire.

Il a contribué à créer une civilisation qui possède toutes les connaissances technologiques et scientifiques. Toute cette intelligence provenant des réalités du passé, des univers et multi-univers actuels et futurs, leur appartient. Elle se situe bien au-delà de celle du temps des « recherches et découvertes ». Leur intellect les amène bien au-dessus de toute possibilité qui, auparavant, se maintenait au stade de l'imagination.

Cette notion du temps enseignée sur Terre telle que les mots *toujours* et *jamais* ne fait pas partie de leur existence. Elle jouit d'un concept de temps entièrement distinct.

Ces êtres suprêmes ont vu le jour à partir d'un schéma à l'image de Belzébuth. Ils sont les anges immortalisés qui connaissent tout ce qui doit être connu. Ils n'ont plus de secrets ni de sujets encore à explorer. Ils sont forts physiquement et spirituellement en plus d'être très brillants et logiques.

Cette entité nommée Belzébuth provient des profondeurs de l'espace, de l'étoile la plus brillante ayant existé. Elle demeure, encore à ce jour, la plus brillante. L'étoile s'appelle Sirius.

Ayant accompli ce qu'il visait avec cette civilisation, Belzébuth en identifia une autre où il observa la nécessité qu'elle obtienne les mêmes connaissances pour atteindre le même niveau de conscience que la sienne. Cette civilisation habite une immense galaxie qui encadre des milliards de planètes.

Il voulait formuler ses connaissances d'une manière telle qu'elle corresponde à quelque chose qui pouvait être compréhensible pour les humains. Pour pouvoir atteindre son but, il avait besoin de quelqu'un. Il choisit le jeune Thomas pour la tâche.

De son point de vue, car il l'avait observé durant un certain temps, il le désigna comme étant digne de confiance.

Le jeune Thomas n'avait pas choisi de prendre cette tâche. Belzébuth ne lui avait pas donné le choix. Mais il lui souligna l'importance d'obtenir cette connaissance et de la partager aussi rapidement que possible avec ceux auxquels il pouvait faire confiance.

Ils devaient être prêts à embrasser la connaissance qu'il jugeait nécessaire afin que cette civilisation retrouve la puissance de son intellect. Seuls les purs de cœur, privilégiés puisque le livre les auront autorisés à l'ouvrir, pourront décoder les informations mystiques et en bénéficier.

Thomas fut le premier à gagner la connaissance provenant de Belzébuth et devint un homme transformé. Il était l'homme le plus intelligent et conscient de toute la planète. Il ne regardait plus son environnement, sa planète, les gens, les animaux et les choses de la même façon. Depuis cette transformation, il lui était impossible d'examiner les choses de la même façon qu'avant.

Son point de vue avait changé de façon extraordinaire. Il avait fini par comprendre la raison pour laquelle il vivait sur cette planète.

La descente de l'être ailé

Le jeune Thomas rencontra Belzébuth dans une circonstance très étrange. En sortant de sa maison, après une longue journée de recherche et d'expérimentation de ses études alchimiques, il décida de faire une promenade sous un ciel de nuit rempli d'étoiles filantes. C'était un de ses spectacles favoris. C'était le mois de l'année où elles étaient revenues, fidèles au rendez-vous, pour illuminer le ciel.

Thomas quitta la rue principale afin d'emprunter une petite ruelle pavée de pierres aplaties voisinant des rangées de chênes sur les deux côtés. Il illuminait la ruelle avec son bâton.

Sa routine habituelle lui faisait emprunter cette ruelle pour aller observer les étoiles. Comme il était très tard dans la nuit, il n'y avait pas beaucoup de gens autour. Thomas n'avait pas peur de marcher seul. Il ne possédait rien que quelqu'un veuille lui voler. Il était demeuré une âme solitaire toute sa vie, n'ayant jamais rencontré une douce moitié avec qui il aurait voulu partager sa vie.

Alors qu'il marchait vers son endroit préféré pour regarder le ciel, il rencontra un être, qu'il n'aurait jamais imaginé voir de toute sa vie. Un être ailé qui battait très lentement ses deux grandes ailes noires alors qu'il descendait vers le sol.

Tout autour de lui, d'innombrables scintillements, tous très ardents, semblables à des flammes. Son visage indiquait un homme d'âge mûr, impressionnant mais sans ride. Pourtant, ses grands yeux noirs perçants exprimaient un long vécu.

Thomas ressentit que cet être pouvait lire dans ses pensées et ressentir ses émotions. Son nez et sa bouche étaient bien proportionnés au reste de son visage. Ses muscles très développés. Ses cheveux noirs très brillants et bouclés lui tombaient sur les épaules.

Tandis qu'il descendait du ciel, ses immenses ailes noires couvraient la presque totalité de son corps, ne laissant que sa tête et ses épaules exposées. À son cou, il portait une lourde chaine faite de platine. La chaine portait les numéros 666. Ce qui révélait « sa marque de commerce », pensait Thomas.

– Bonsoir Thomas ! dit Belzébuth.

Thomas ne pouvait se faire à l'idée de ce qui se présentait devant lui. Il devint encore plus intrigué de cette salutation tout juste formulée par cet être ailé. Très curieux, mais à la fois sur ses gardes en tentant de répondre à cette mystérieuse salutation.

Une observation très inhabituelle pour lui : une accablante brillance de ce qui semblait être des flammes provenant de cet être. Cela fit que Thomas souleva son bras au-dessus de ses yeux de peur de perdre la vue, tant la luminosité était accablante.

– N'ayez pas peur. Je n'ai rien à voir avec ce que les humains pensent que je suis. En fait, je ne suis ni mauvais ni dangereux. Je suis Belzébuth. Je viens de Sirius, une étoile très éloignée d'ici. C'est ma deuxième visite sur votre planète.

– Belzébuth ! Vous ? Vous vous êtes incarné en un être humain ? Vous êtes l'incarnation du mal !

Vatare Satanos ! Vatare Satanos !

Thomas invoqua le verset à plusieurs reprises avec une pieuse mendicité des plus suppliantes, afin de voir le diable incarné disparaitre précipitamment. Rien ne se passa malgré cette prière plutôt frénétique.

Belzébuth le regarda silencieusement pour un moment, amusé par ses implorations.

– Ah... S'il vous plait, arrêtez de répéter cette absurdité. Je suis conscient de ce qu'on vous a dit tout au long de l'histoire de votre planète. Que je suis le Diable, le Satan, le Lucifer, l'Esprit du mal en plus d'être le malicieux Lutin, que vous devez éviter à tout prix puisque votre avenir sera maudit, et par conséquent vous conduire directement en enfer.

Avez-vous déjà eu la preuve que l'enfer existait ? Vous savez cet enfer qu'on vous a dit être l'endroit où vous seriez éternellement torturé. Là où des âmes, sans cesse tourmentées, vous perceraient les oreilles par leurs cris.

Que c'est un lieu où ces âmes brûlent sans cesse dans des flammes ardentes, dans une scène inimaginable et terrible. Là où elles sont entourées d'un très grand nombre d'anges rouges cornus, très sadiques, qui piquent les âmes éternellement condamnées de leurs fourches afin de leur infliger le plus de douleur et de souffrance possible ?

Cette image de ce que l'enfer peut ressembler, ce qui a été peint, dessiné et distribué parmi vous, n'a jamais existé. Le ciel, le paradis avec les anges assis sur des nuages jouant de la harpe pour vous accueillir à un dieu pour votre dernier jugement appartiennent également à la même sorte de non-sens.

Tout cela provient de la culture de l'imagination extrêmement aberrante des humains. À un moment donné de votre histoire, elle avait atteint son objectif afin de rendre les gens plus sociables au lieu qu'ils se prennent à la gorge les uns les autres. Si seulement ça s'était arrêté là, je ne vous l'aurais pas mentionné, mais les conséquences de ces mensonges ont énormément et terriblement influencé le cours de votre évolution.

Thomas le regarda et lui paya une attention toute particulière, car il venait de frapper, sans équivoque, une corde très sensible liée à sa foi. On venait de lui dire que l'enfer et le paradis n'existaient pas.

– Connaissez-vous l'authentique histoire de ma venue ? Je ne suis pas le mauvais serpent qui a tenté les premiers homme et femme de votre planète à manger le fruit défendu décrit dans vos histoires que vous qualifiez de saintes.

Il se peut que ce soit difficile pour vous de comprendre ce que je m'apprête à vous dire. Cela pourrait même vous sembler être complètement saugrenu. Mais je tiens à révéler quelque chose que les humains doivent savoir pour qu'ils puissent se remettre à progresser, non seulement pour aujourd'hui, mais pour son avenir. S'il est toujours possible d'en créer un plus décent.

– Qu'est-ce que vous voulez partager ? Pourquoi vous êtes-vous tourné vers moi ? dit Thomas.

Il ressentait que cet inconnu montrait une attitude supérieure et arrogante qu'il n'aimait pas.

– Vous êtes l'élu. Je sais que je peux vous faire confiance puisque vous possédez un cœur pur. Il n'y a pas personne d'autre ici à qui je peux révéler cette information.

Thomas tenait toujours son bras au-dessus de ses yeux parce qu'il éprouvait toujours une grande difficulté à se concentrer. La luminosité dont émanait Belzébuth était plus qu'aveuglante.

— S'il vous plait, suivez-moi. Nous ne pouvons pas rester ici. Il pourrait y avoir des gens curieux qui voudraient peut-être se joindre à nous et je ne veux pas que cela se produise. Vous êtes le seul que j'ai choisi et à qui je veux remettre l'information.

En dépit de sa réticence et un peu de peur, toujours en couvrant ses yeux de son bras, Thomas suivit l'étrange et magnifique Belzébuth.

Ils traversèrent la même petite ruelle pavée de pierres aplaties pendant un certain temps, s'éloignant de plus en plus de la ville. La petite ruelle donnant fin à une prairie d'herbes sauvages, là où Thomas ne pouvait que décrire ce qu'il voyait comme une étrange maison au beau milieu de la prairie. Elle était illuminée de l'intérieur, donnant un aperçu de ce qui se trouvait à l'intérieur.

Belzébuth leva son bras droit et une porte s'ouvrit pour laisser descendre une plate-forme au sol.

— Venez, je veux vous montrer ma maison transitoire dans laquelle je voyage.

— Je ne suis pas sur le point de risquer ma vie, je ne sais pas qui vous êtes et...

C'était tout à fait compréhensible pour Thomas, homme vivant à l'époque du Moyen-âge. Le laps de temps entre les deux était plus qu'énorme et inimaginable.

— Très bien, qu'est-ce qui vous fait peur ? questionna Belzébuth.

— J'ai peur de l'inconnu.

— Eh bien, c'est exactement ce qui empêche votre civilisation d'avancer et de progresser. C'est ce que j'appelle la fatalité de l'ignorance. Ne pas vouloir connaitre et ne pas choisir de découvrir, tout ça sans raison d'être. Cette peur est ce qui rend votre société telle qu'elle est. Et elle demeurera ainsi, si rien ne se fait pour la changer.

— Je ne fais pas partie de cette société. Je suis un alchimiste et j'expérimente des choses et je découvre beaucoup de choses.

— C'est pourquoi je vous ai choisi. Vous êtes une exception. Il faut beaucoup de courage et de force d'âme pour quelqu'un comme vous pour continuer et persister à découvrir des choses malgré plusieurs tentatives infructueuses.

Malheureusement, la majorité de votre civilisation ne s'intéresse pas à ce genre de choses. C'est vraiment regrettable. Il est très probable que votre monde soit configuré de cette façon et qu'un mécanisme puisse s'être activé. Le résultat étant que vous ne soyez pas autorisés à l'omniscience…

Vous devez examiner pour vous-même et prendre vos propres décisions à partir de ce que vous observez. Je ne suis pas ici pour vous imposer ma façon de raisonner. La seule raison pour laquelle je suis ici, c'est de vous donner quelque chose que vous ne pourrez trouver nulle part ailleurs dans l'univers, à l'exception de Sirius.

– Comment puis-je vous faire confiance ? demanda Thomas.

– Vous n'avez pas à le faire si vous le souhaitez. Vous êtes libre de ressentir ce que vous voulez. Tout ce que je peux dire, c'est que je suis vraiment ici pour cette seule raison. Alors, voulez-vous me suivre ?

Thomas accepta l'invitation, mais resta toujours sur ses gardes. Mais après ce que Belzébuth venait de lui dire, il sentit, en quelque sorte, qu'il pouvait prendre un risque. Il le suivit et entra dans ce qu'il réalisa être un navire spatial.

Une nouvelle réalité

Thomas entra dans le navire spatial un peu inquiet, mais un peu secoué en raison de ce qu'il voyait à l'intérieur. Tout autour de lui, les murs semblaient très lisses et il vit plusieurs symboles et caractéristiques de nature étrangère. Thomas ne pouvait pas les comprendre.

La lumière aveuglante de Belzébuth s'était immédiatement atténuée dès qu'il était entré dans le navire. Il se trouva soudainement habillé en pantalon de cuir noir, avec ses énormes ailes repliées sur son dos. Il exposait son imposant torse musclé et sa chaine de platine qui semblait être très lourde. Il s'était transformé.

Tout l'intérieur du navire était composé d'une substance métallique argentée. De son observation, il venait d'entrer dans un monde complètement différent du sien. Belzébuth l'invita à s'asseoir à côté de lui devant une carte numérique.

– Je vais vous montrer d'où je viens.

Aussitôt qu'il appuya un bouton de son fauteuil, une immense ville composée d'édifices faits de cristal bleu, apparut, montrant une multitude de gens qui s'affairaient tout autour.

Le jeune Thomas était tout œil et oreille devant l'écran. Sa mâchoire inférieure se décrocha en direction du sol.

– Bon, c'est ce à quoi j'ai prêté main-forte : un monde où les gens sont tous intelligents, tout conscients de l'intelligence de l'univers et des multi-univers. Aucune notion ne se cache à eux. Ils ont la connaissance de toutes les sciences et de celles que vous pouvez appeler, de l'avenir. Ils n'ont pas à attendre comme vous devez le faire, elles sont toujours là, omniprésentes.

Ces êtres possèdent la connaissance universelle et curieusement, vous pourriez dire qu'ils sont tous des êtres bons et bien intentionnés. Leur partage universel de la connaissance rend cette civilisation harmonieuse. Ils peuvent profiter de tous les plaisirs que la vie leur offre. Ce n'est pas le cas pour vous, ici sur Terre, mais je peux vous assurer qu'ils étaient tous comme vous avant leur départ pour Sirius.

Ils ne possèdent pas certaines choses dont les humains se servent, tels que l'envie, la jalousie, la cupidité et le ressentiment. Ils ne faussent pas la vérité et ne se livrent pas à beaucoup d'autres choses que vous, les humains, qui êtes friands de faire bonne figure. Tout ça rend votre vie de ce que je qualifierais de très embrouillée.

Ce sont toutes ces choses dont j'ai été accusé. Entre autres, d'avoir engendré les tentations et les penchants à pécher, parmi votre civilisation. Je n'ai jamais fait ça. Lorsque j'ai visité votre planète, il y a très longtemps, je n'ai pas été bien accueilli.

Puis, Belzébuth se tourna vers Thomas. Le regarda droit dans les yeux et lui dit :

– Maintenant, s'il vous plait, écoutez attentivement ce que je vais dire. Je vais vous raconter l'authentique histoire de mon premier voyage sur votre Terre. L'histoire de ma venue sur votre jeune planète d'alors est devenue ce que j'appelle une dégradation de la vérité, avec le temps. Et ce qui reste de cette histoire est une perversion complète de ce qui s'est réellement passé.

Quand je suis arrivé sur votre planète pour la première fois, je me suis présenté comme je viens de le faire avec vous. Personne n'a voulu entendre ce que j'avais à leur dire. J'ai été immédiatement attaqué avec des pierres, des bâtons et des élocutions blasphématoires de toutes sortes.

Personne ne pouvait comprendre ce que je disais. Ils étaient tous, en fait, craintifs de moi. C'est ce qui les a conduit à essayer de me détruire. Permettez-moi de vous mentionner que je suis indestructible. En réalisant qu'il ne pouvait pas me détruire, ils alertèrent leur chef ou probablement ce que je peux appeler la tête hiérarchique de la masse. On m'a dit qu'il était le prêtre de la civilisation et le guide spirituel pour tous.

Ils ne savaient pas à l'époque que cet homme n'était pas du

tout, en réalité, ce qu'il prétendait être. Il était uniquement un homme très ordinaire et rien d'autre.

Son nom était Ébrim. Il ne possédait pas un pouvoir surnaturel et n'avait aucune aptitude extraordinaire. La population était complètement à sa merci. Comme il était un homme très intelligent et possédait une mentalité très tordue par la même occasion, il a profité de l'ignorance des gens et l'a utilisée pour leur faire peur.

Il leur fit des déclarations à propos d'un type de dieu qui était si puissant qu'il décidait de tout pour eux et de tout ce qui concernait leur existence. Ils se devaient de vénérer ce dieu et par le fait même, octroyer Ébrim du droit d'acquérir leurs petites rémunérations afin de continuer la propagation de la foi et fortifier le pouvoir de ce dieu dans le but de gagner sa protection imaginaire. Cet homme est devenu très riche en utilisant la dévotion pour tromper tout le monde autour de lui.

Vous voyez ce qui se passe quand quelqu'un croit en quelque chose sans en avoir la preuve ?

Quand j'ai décidé d'intervenir et d'affronter Ébrim avec ses mensonges et ces travestis, il révéla à ses fidèles qu'une guerre venait de se déclarer. J'étais une entité maléfique qui tentait d'influencer l'humanité négativement. J'étais devenu le diable et tout le monde me tourna le dos.

J'étais le mauvais esprit qui ne cessait de les tenter pour les conduire au péché. C'est à partir de là que toute l'histoire de votre Adam et Ève, de leur corruption et de leur inconduite, vit le jour. Ébrim n'a jamais cessé de répandre cette invraisemblance depuis ma première tentative qui s'avéra désastreuse lorsque j'avais tenté de les amener à prendre réellement conscience de ce qui se passait.

C'était ma première tentative afin d'exposer, à cette civilisation d'alors, le fait que cet homme avait tout inventé ce qu'il leur enseignait. Personne ne cherchait à me croire. Ils avaient tellement peur de connaitre la vérité. J'ai réalisé qu'ils étaient effrayés à l'idée de perdre cette croyance sur laquelle ils s'étaient tellement accrochés pour se sentir protégés et en sécurité, en échange de leur aveu d'infériorité à ce dieu.

Tout cela se répandit autour de vous, en vous forçant à croire aveuglément. Vous laissant dans l'obscurité où l'observation et les faits objectifs ont été volontairement occultés.

Le pire de tout, est qu'on vous a dit que vous étiez de poussière et de cendre et que vous retourneriez en poussière et en cendre. En fait, vous venez d'une Étoile et vous retournerez à l'Étoile. Vous avez toujours possédé les mêmes composants de Sirius.

Ce que cet homme a réussi à créer est un dieu, par le biais de sa propre image. Il était le fraudeur qui a profondément influencé les conséquences de toutes vos vies.

– Comment puis-je avoir la certitude que ce que vous me dites soit vrai ? questionna Thomas.

Belzébuth activa de nouveau la carte numérique et invita Thomas à regarder.

Thomas regarda toute cette présentation de Belzébuth, tout étonné et bouche bée. La description de ce qui défilait devant lui était choquante. Comment se faisait-il que sa civilisation ait été si facilement dupée ?

Non seulement cela, mais Belzébuth lui donnait la preuve de ce qu'il avait avancé plus tôt dans sa conversation. Thomas se leva au-dessus des barrières de l'ignorance. Il s'est vu atteindre quelque chose dont il ne s'attendait pas mentalement.

Belzébuth lui dévoila l'état d'esprit toujours existant que chaque être humain possède, mais qu'il est forcé d'ignorer, même s'il soupçonne au fond de lui-même la réalité de son existence. La raison derrière cette léthargie, empêchant la restauration de ces niveaux de conscience supérieurs, était due à de grandes manipulations, d'influences et d'intimidations violentes.

Tout ça leur confirmait fortement qu'il se manifesterait incontestablement des conséquences inévitables et cruelles si quelqu'un osait défier l'autorité religieuse.

Les gens demeuraient dans un état d'esprit sous-développé avec une conscience de faible puissance. Les tyrans essayèrent de leur mieux pour que tout cela les mène vers ce qui deviendrait l'oubli total de son existence. Ébrim faisant partie de la ruse, propageait ce sortilège pour mener les gens vers le bas. Lui-même n'était pas au courant du stratagème. C'était volontairement caché de tout le monde.

Thomas vit d'autres civilisations qui lui donnèrent une preuve réelle et solide qu'un niveau supérieur existait. Elles semblaient être en bonne santé, certaines avec différentes apparences corporelles de celle des humains, mais pas du tout désagréables à regarder. Elles donnaient l'impression de ressembler de près à Belzébuth.

Thomas savait, au fond de lui-même, que les humains n'étaient pas les seuls à occuper cet univers. Il en était très heureux puisque ce qu'il venait d'observer lui confirmait cette réalité. Il y avait beaucoup de choses à changer à ce point de vue, pour ramener le genre humain de nouveau à ce niveau de conscience.

Prenant une profonde inspiration, tout en regardant l'écran qui venait de s'éteindre, Thomas jonglait avec toute l'information, pondérant l'implication et les conséquences de ce qu'il venait juste d'observer. Il s'imaginait voir une porte gigantesque se déverrouiller devant lui qui lui offrirait un trésor mythologique d'informations qu'il était destiné à découvrir.

— Je savais que cela existait, dit un Thomas qui devint très émotif et qui sourit timidement à Belzébuth.

— Oui, ça l'est en effet ! dit Belzébuth.

En quelques secondes, Thomas et Belzébuth se tenaient dans la ville que Thomas venait à peine d'observer à l'écran. Il se trouvait sur Sirius.

Il se tenait là, à tout regarder. Il était dans un état d'incrédulité totale. Il ne cessait de regarder tout autour de lui.

Il fit quelques pas, désireux de sentir et de tout toucher pour ressentir ces choses et confirmer si tout ce qu'il observait était vraiment authentique. Il toucha les plantes, vit les habitants et de nombreuses lumières, des lumières très étincelantes qui se déplaçaient au-dessus d'eux. Il toucha les édifices, etc., et tout était réel.

Après avoir conclu que Thomas avait beaucoup de preuves prouvant que Belzébuth ne lui avait pas menti, ils réapparurent dans le navire spatial.

— Que suis-je censé faire maintenant ? Je suis tout renversé par cette révélation, mais à la fois tellement soulagé de voir que nous ne sommes pas seuls et que nous pouvons devenir comme eux. Comment se fait-il que ce soit hors de notre vue depuis si longtemps ? Quelle en est la raison ?

— Je suis heureux que vous ayez cette prise de conscience vous permettant de remonter vers une conscience supérieure. J'ai pris les moyens nécessaires pour vous prouver que je n'ai jamais eu l'intention de vous tromper.

Je vous ai donné la vérité, pure et simple. Je peux, si vous le désirez, vous donner cette information sur tout ce que vous devez savoir. Vos moyens de communication sont ce que vous appelez des livres, non ? Vous pouvez utiliser ce moyen pour connaitre toutes les lois universelles comprenant tout de la vie et qui vous aideront à déchiffrer ces secrets qui vous étaient volontairement dérobés, pour enfin les connaitre.

De cette façon, vos gens seront en mesure de progresser et de regagner la conscience qu'ils ont toujours eue, étant davantage conscients de ce qui avait été complètement et délibérément confectionné par l'imagination humaine.

— Quand puis-je obtenir l'information afin de l'écrire dans un livre ? demanda Thomas.

— Le plus tôt sera le mieux pour vous tous.

Donnant son consentement pour le faire, il invita Belzébuth à se rendre à son domicile le lendemain matin. Thomas lui dit qu'il serait prêt à écrire tout ce qu'il lui dirait dès son arrivée. Il devait d'abord assembler le matériel nécessaire pour confectionner un livre. Cela lui demanderait un certain temps pour tout assembler, mais que tout serait fait pour le lendemain.

Belzébuth lui dit qu'il prendrait la forme d'un homme d'âge moyen et que Thomas le reconnaitrait.

Thomas quitta le navire spatial et après s'en être éloigné d'à peine quelques pas, il se retourna pour regarder la prairie. Le navire spatial n'y était plus.

Thomas se demandait si c'était un rêve ou encore une fantaisie... Ou bien la réalité.

La métamorphose

Thomas arriva à la maison peu de temps après cette inimaginable rencontre. Tout au long du chemin, sous les étoiles filantes tellement abondantes dans le silence de la nuit, il ne cessait de penser à tout de ce qui lui avait été révélé. Puis sa crainte se dissipa entièrement.

Il savait que ce que Belzébuth lui avait montré était vrai. Il reçut les réponses aux milliers de questions quant à l'objectif de la vie humaine et tout ce que cela impliquait. Était-ce que cette information était chose réelle ? Il en était convaincu. Tout prenait tellement et complètement de sens maintenant. Thomas se sentit très heureux d'avoir eu cette rencontre.

Il alluma quelques bougies et se plongea dans des pensées profondes à propos de ce que Belzébuth venait de lui révéler. Il provenait d'une Étoile et il retournerait à l'Étoile.

Il fut véritablement inspiré et encouragé par cette déclaration. Il réunit plusieurs feuilles de papier avec une peau de cuir écru provenant de ses provisions devant servir à ses prochains écrits. Alors que la nuit avançait, Thomas finit par dormir, toujours assis à la table où il avait terminé la confection de son livre.

Il lui avait fallu plusieurs heures car le cuir était très épais et difficile à coudre. Il dut d'abord confectionnée une aiguille à partir d'un morceau de ferraille. Et la tremper à plusieurs reprises dans de l'huile pour lui permettre de percer le cuir très épais et le nombre considérable de feuilles de papier.

Le temps devint très sombre. Un violent orage avançait

progressivement avec des éclairs et une pluie torrentielle. Thomas dut se trouver dans un sommeil très profond pour ne pas être réveillé par ce bruit provenant de l'extérieur.

Le lendemain, avant le lever du soleil, il se fit réveiller par Belzébuth qui frappait à sa porte. Après avoir entendu des cognements répétitifs, Thomas se réveilla enfin et se dirigea vers la porte. En soulevant le couvercle de la petite fenêtre, il demanda au visiteur de s'identifier.

– Bonjour Thomas ! C'est moi, Belzébuth.

Il ouvrit immédiatement et l'invita à entrer.

Il portait une longue robe blanche et une ceinture de cuir autour de sa taille. Il ne ressemblait pas du tout au Belzébuth qu'il avait vu la nuit précédente. Devant lui se trouvait un homme d'âge moyen qui était chauve et portait une barbe blanche bien taillée. Belzébuth n'avait pas une seule goutte de pluie sur lui malgré la pluie torrentielle à l'extérieur.

– Donc, c'est votre maison ? dit Belzébuth

Tout en lui demandant cela, Belzébuth s'était métamorphosé, de retour à son apparence physique de la veille, avec ses immenses ailes noires sur son dos, son physique musclé avec ses cheveux bouclés et ses grands yeux noirs perçants.

– Oui, c'est mon humble demeure. C'est ici que je vis et travaille sur mes expériences d'alchimie, dit Thomas d'une voix nerveuse et tremblante, à la suite de la transformation de Belzébuth qui se déroulait sous ses yeux.

Belzébuth regarda autour de lui et n'avait pas besoin d'explication pour conclure quant à l'époque où il se trouvait.

C'était une demeure très modeste. La maison de Thomas se composait de trois pièces avec un petit sous-sol où il espérait toujours conserver ses légumes, fruits et viande en les gardant au frais pendant l'été. Mais la plupart d'entre eux finissaient toujours par pourrir.

À l'étage principal, il y avait une petite cuisine avec un foyer à bois, et quelques bûches gisaient sur le sol. De fines herbes sèches pendaient du plafond, recouvertes de toiles d'araignée. De vieux pots affichaient leur utilisation excessive et ils contenaient des cuillères en bois cassées. Il y avait des plats d'argile et des tasses rugueuses, mais propres sur une petite table avec quatre tabourets de bois.

Il y avait une variété de livres qui reposaient négligemment sur des étagères couvrant l'intégralité de tous les murs de la pièce principale. Beaucoup de bougies de différentes couleurs et formes gisaient allumées entre les rangées de livres.

Au milieu de la pièce, il vit le semblant de laboratoire. Thomas avait fait l'assemblage de plusieurs fioles, tubes, petites baguettes de bois et de sceaux tous ternis.

Dans sa chambre à coucher, son lit, composé de deux draps cousus de paille séchée, était étendu sur le sol. Sa chambre était très humide et froide. À côté de son lit, il y avait un petit coffre sur le sol contenant ses vêtements et très peu de choses qu'il considérait comme précieuses. Il avait une bougie blanche sur un petit tabouret près de son lit. Partout dans la maison, il n'y avait pas de planchers, mais de la terre fortement compressée.

Belzébuth fit quelques pas tout en regardant tout autour, examinant les titres des livres sur les étagères. Puis il s'arrêta brusquement, car il s'aperçut qu'il y avait un bâton qui dégageait une lueur bleue en dessous d'une des étagères.

Thomas vit que Belzébuth était curieux à propos de son bâton. Il devint préoccupé, en espérant qu'il n'aurait pas l'intention de lui confisquer.

Belzébuth ne lui avait rien dit la veille, lorsqu'il vit Thomas le tenir dans ses mains. C'était un signe supplémentaire et positif que Thomas était la bonne personne. Il attendait l'occasion de lui dire pourquoi il l'avait laissé derrière lui, la première fois qu'il avait visité la Terre.

Le prenant dans sa main et en le frappant à plusieurs reprises dans l'autre, il arrêta ce mouvement et fixa Thomas droit dans les yeux.

L'orage continuait à faire rage à l'extérieur et chaque éclair jetait l'ombre de Belzébuth sur les murs, créant un effet très étrange.

Il était sur le point de lui dire quelque chose d'une grande ampleur qui, en plus de ce qu'il avait déjà révélé la veille, allait changer la vie de Thomas pour toujours.

– Ce bâton n'est pas de votre temps. Il a été créé il y a très longtemps, très loin d'ici. Comment se fait-il que vous en possédiez un ? dit Belzébuth testant son honnêteté.

– Ce bâton, je l'ai trouvé sous un vieux chêne. Il y a quelques années de cela, je suis passé devant cet arbre et j'ai vu cet objet qui brillait. Je l'ai depuis ce jour. Je ne connais pas son origine, mais je le trouve très utile. Je n'ai pas besoin de bougies ou de lanternes pour marcher dans la nuit.

Le remettant à sa place, Belzébuth lui dit :

– Hum … Je vais vous dire d'où il vient. J'avais ce bâton quand je me suis battu avec les humains qui ont essayé de me détruire. J'ai fui la scène parce qu'elle devenait trop provocante. Il aurait été très facile pour moi de tous les exterminer comme des mouches. Je ne voulais pas faire cela.

Je l'ai volontairement laissé sous ce chêne loin de cet endroit tumultueux. Le trouver faisait partie de votre destin. Ce bâton a plusieurs propriétés, en plus de vous donner la lumière... Il m'a permis de vous localiser après tout ce temps. Malgré le fait que vous soyez à quelques millions d'années-lumière de distance, j'ai réussi à vous trouver.

Le concept, que cet objet permette à Belzébuth de le localiser était bien au-delà de sa réalité. Thomas devenait de plus en plus intrigué par ce que son visiteur lui disait. Les révélations de la veille, avec ce qu'il venait de mentionner, Thomas devint de plus en plus curieux de ce que Belzébuth lui dirait à la suite de cette divulgation.

Pour lui, d'être localisé à une distance d'années-lumière de sa maison était quelque chose de miraculeux. Il ne connaissait pas le terme, mais cela lui semblait une énorme distance.

La puissance de cette boussole de quelque sorte doit être très herculéenne, se dit Thomas.

Il essaya de comprendre comment son bâton lumineux, avec la connaissance réelle de son temps, pouvait être si puissant pour signaler à Belzébuth sa présence avec tant de précision.

– J'ai remarqué que vous êtes très curieux maintenant à ce sujet. Je peux le comprendre. Il y a beaucoup de choses à savoir. Je vous en donne maintenant l'occasion.

Le pouvoir de l'alchimie

Êtes-vous prêt à recevoir les informations, Thomas ?

– Oui, j'ai assemblé plusieurs pages que j'ai cousues à une peau de cuir, afin de bien les fixer. J'espère avoir suffisamment de pages pour ce que vous voulez me donner. S'il arrive que cela ne soit pas suffisant, je peux en confectionner un autre.

– Très bien, dit Belzébuth. Je peux ajuster les informations à la taille de votre livre assez facilement. Il ne sera pas nécessaire d'en confectionner un autre.

Thomas s'assit, éclairé de quelques bougies, il prit sa plume afin de la tremper dans son encrier, indiquant qu'il était prêt à écrire ce que Belzébuth s'apprêtait à lui révéler. Il était tout œil et oreille, prêt à écrire tout ce que Belzébuth allait lui dicter.

Belzébuth se tenait en face de Thomas. Il tira le livre et le tint dans ses mains pour l'examiner. Tout en regardant Thomas... de son pouce, il effleura les pages qui se mirent à tourner rapidement puis il le ferma.

D'un claquement de doigts, un petit dispositif électronique apparut dans ses mains. En le positionnant juste au-dessus du livre de Thomas, un tourbillon de mots et de symboles descendirent brusquement vers la couverture du livre dégageant ce qui semblait être du feu.

Thomas se recula maladroitement de la table et de son tabouret, émotionnellement submergé par un tel processus de transfert d'information qui lui était complètement inconnu.

– Mais qu'est-ce qu'est ? s'exclama-t-il.

– C'est ainsi que je transfère l'information. Ne vous inquiétez pas. Rien ne va brûler votre livre. Vous n'avez pas besoin d'écrire quoi que ce soit, le téléchargement complet s'exécutera dans un bref délai.

Thomas regardait ce qui se passait, tout émerveillé.

De quoi est fait ce mystérieux objet ? se demandait-il.

Toujours en gardant le dispositif au-dessus du livre, le cuir commença à briller d'une flamme très douce partout sur sa surface. Il devint tout noir et des flammes apparurent au milieu de la surface de la couverture puis, juste en dessous, la gravure d'une rose rouge partiellement en floraison.

Ensuite, le transfert de l'information sur les pages blanches se mit en marche. Les pages tournaient très rapidement d'elles-mêmes de droite à gauche à mesure qu'elles se remplissaient des informations de Belzébuth. Les écrits se rédigeaient des mêmes caractères personnels que Thomas utilisait lorsqu'il rédigeait ses recherches et découvertes d'alchimie.

Le livre était entouré par les flammes, même s'il ne brûlait pas. Le livre émit des sons comparables à du bois crépitant dans le feu de la cheminée de Thomas.

Plusieurs feuilles de papier apparurent de nulle part pour s'insérer d'elles-mêmes dans le livre et le processus continua jusqu'à ce que l'abondant téléchargement soit achevé.

Thomas regarda la puissance de ce nouveau type de création qu'il qualifiait de complètement magique, fantastique et hallucinant.

Le legs de Belzébuth

Le processus de téléchargement se termina finalement à la dernière page jusqu'à la couverture arrière. Ensuite, le livre se ferma complètement, libérant une légère vapeur montant doucement dans l'air.

Belzébuth pressa son pouce dans le milieu de la couverture. Il dégagea des flammes qui brûlèrent le cuir. Il déposa son empreinte digitale.

– Alors, voilà, c'est fait Thomas, dit Belzébuth satisfait du travail qu'il venait d'accomplir.

Prenant le livre minutieusement dans ses mains, Thomas sentit immédiatement que son poids était maintenant beaucoup plus lourd et qu'il était beaucoup plus épais que sa forme originale.

– J'ai vu des pages s'ajouter provenant de nulle part. Comment avez-vous fait cela ?

– J'ai juste rempli le livre de ce qui était nécessaire. Ne vous inquiétez pas à ce sujet. Je sais que cela est tout à fait incroyable pour vous, mais cela fait partie de la connaissance que je possède. Et tout peut être réglé selon mes exigences.

Ce que vous appelez matière, la chose que vous appelez substance, n'est pas un obstacle à tout ce que je souhaite créer. C'est très facile de les ajuster à mon objectif. Je peux changer les propriétés de la matière, de l'espace, de l'énergie et du temps à volonté et sans effort. Après tout, ce que vous voyez tout autour de vous ici n'est que le fruit de votre imagination. Ces choses n'existent pas dans la réalité.

Mais avec votre accord humain mutuellement partagé à le créer, tout se matérialise. Cela nous divertit et n'importe où dans l'univers où je me rends, je me plais à m'engager dans cette activité devenue un loisir. N'est-ce pas intéressant, jeune homme ?

J'ai autre chose à vous dire quant à l'utilisation de ce livre, dit Belzébuth.

Étant l'élu, vous êtes responsable de sa bonne utilisation. Tout ce dont vous avez besoin est écrit dans ce livre pour vous montrer le chemin. Il y a, cependant, une chose dont je dois vous prévenir.

– Qu'est-ce que c'est ? questionna Thomas.

– Toute personne qui tente de se renseigner sur son contenu doit être un *pur de cœur* comme vous. S'il vous arrive d'avoir des gens qui tentent de l'ouvrir et qui ne sont pas purs de cœur, ils ne seront pas en mesure d'avoir une seconde chance d'obtenir la vérité pour le reste de leur vie présente.

Vous devez comprendre que l'acquisition de cette puissante information s'accompagne d'une très grande responsabilité. L'émotion négative comme l'envie, la jalousie, la cupidité, le ressentiment et toutes ces émotions et ces sentiments négatifs seront discernés par le livre lui-même.

Un avertissement sera donné à la personne de ne pas exercer une seconde tentative de l'ouvrir. S'il s'avère qu'il y a quand même une obstination évidente en feignant de n'avoir rien entendu, en dépit du commandement émis par le livre que l'autorisation n'est pas donnée, le livre va complètement submerger la personne avec l'une des plus terrifiantes vicissitudes.

L'intensité de sa manifestation dépendra toujours du type de délit que la personne aura commis. Une chose est assurée, c'est qu'elle ne sera jamais en mesure de l'ouvrir et ne pourra jamais oublier cet épisode désagréable. Mais celle-ci se dissipera de son esprit avec le temps, de sorte qu'elle sera en mesure, j'espère, de progresser suffisamment pour retrouver le bon chemin dans une autre vie.

En réponse à cette dernière conséquence impitoyable destinée aux personnes ayant un état d'être qui était contradictoire à l'éthique, Thomas lâcha le livre qui tomba brusquement sur la table. Il était évidemment terrifié à l'idée de la possibilité qu'il ne pourrait pas se rendre compte si quelqu'un possédait ces déficiences pour ensuite aboutir à cette fin.

– Bon, je sais que c'est difficile pour vous de comprendre, mais c'est une conséquence qui est logique. Lorsque vous deviendrez pleinement conscient de ce qui est contenu dans ce livre, vous comprendrez que ce n'est pas quelque chose qui peut se retrouver dans de mauvaises mains. C'est pourquoi ce mécanisme sera immédiatement activé envers toute personne antisociale et sans scrupules.

— Comment vais-je être capable de savoir et discerner les purs de cœur de ceux qui ne le sont pas ?

— Vous le saurez. Vous saurez qui est un pur de cœur et qui ne l'est pas. Cela deviendra de plus en plus clair après avoir lu le livre. C'est votre première étape. Vous êtes, en ce moment, le seul qui peut l'ouvrir et lire ce qu'il contient. Je vais vous laisser le faire maintenant, je dois partir.

— Vous me quittez maintenant ?

Le jeune Thomas devint stupéfait à la minute qu'il l'entendit.

— Je n'ai rien d'autre à faire ici. Je dois vous dire au revoir.

Thomas ne s'attendait pas à cette soudaine annonce de son départ. Il lui avait donné ce livre et il n'avait pas reçu de conseils sur la façon de le présenter aux autres et leur faire prendre conscience de son contenu.

Belzébuth ressentit son inquiétude et l'assura qu'à chaque fois qu'il aurait besoin de clarifications, il les obtiendrait pour combler ce vide, quand il le souhaiterait. Le livre était devenu une entité très intelligente et il n'y aurait aucun problème à ce qu'il lui fournisse les réponses qu'il désirait obtenir.

En lui disant cela, il reprit l'apparence d'un homme d'âge moyen à tête chauve et barbe blanche taillée, vêtu d'une robe blanche. Quand il sortit de la maison, il pleuvait encore énormément. Commençant à marcher vers la rue, un couloir de couleur argent se forma autour de lui, le rendant imperméable à la pluie.

Thomas se tenait près de sa porte tout en tenant le livre dans ses mains. Il regarda Belzébuth s'éloigner de sa maison jusqu'à ce qu'il disparaisse de sa vue.

Il avait des sentiments mitigés au sujet de son expérience. Il n'était pas tout à fait sûr de ce qu'il devait faire de tout cela. Il avait toutefois exprimé au plus profond de lui-même qu'il y avait maintenant de l'espoir. Thomas possédait, depuis sa rencontre avec Belzébuth, un très vif intérêt pour mieux comprendre où tout cela l'emmènerait.

Alors qu'il se tourna, tout l'intérieur de sa maison était transformé. Il n'y avait plus de terre compressée, mais plutôt des planches de bois de chêne brillantes, son foyer était fait de belles pierres colorées adroitement posées avec une étagère en bois juste au-dessus de celui-ci, portant un microscope et plusieurs pièces d'appareils qu'il n'avait jamais vus.

Il pouvait toutefois reconnaitre que cela avait quelque chose à voir avec son laboratoire désuet, car il y avait beaucoup de fioles, de flacons, de récipients, de seaux, de tubes et de tiges, tous faits de verre.

Sa cuisine avait un comptoir en céramique noire avec plusieurs boutons à presser. Sa table était faite de bois joliment sculpté et bien solide avec quatre chaises sur lesquelles il y avait des coussins confortables.

Il n'y avait plus de fines herbes accrochées au mur et couvertes de toiles d'araignée. Des ustensiles, des cuillères de bois et de beaux pots à cuisson complètement neufs pour cuire sa nourriture pendaient au-dessus du comptoir en céramique noire.

Sur une étagère, il y avait des assiettes et des tasses blanches très légères et douces au toucher. Tout était illuminé par plusieurs bâtons lumineux bien suspendus au plafond et quelques autres étaient placés sur un angle, comme des torches aux coins de chaque pièce.

Il entra dans sa chambre où un lit était bien fait, déposé dans un châssis de bois et avait une couverture d'un tissu inconnu où il pourrait maintenant dormir confortablement et ne plus avoir froid.

Son coffre était cependant le même, tandis que son petit tabouret et sa petite bougie étaient devenus une petite commode avec deux tiroirs et dessus, il y avait un bâton qui émettait la couleur bleue, mais il était beaucoup plus petit que les autres qui éclairaient sa chambre.

Dans son petit sous-sol, il avait maintenant une grande quantité de nourriture. Il en aurait pour longtemps. Tout était bien étalé avec beaucoup de légumes frais, de la viande et des fruits, le tout enveloppé dans un emballage transparent étanche à l'air dans ses paniers d'osier brisés.

Il n'avait plus cette nourriture pourrie qu'il tentait toujours de préserver. Il y avait beaucoup de vins et spiritueux en bouteilles. Entendant un bruit de liquide, il s'en approcha et vit un petit puits d'eau. Son sous-sol était beaucoup plus grand que sa taille originale.

Thomas toucha et regarda tout, en essayant en même temps de se convaincre qu'il ne rêvait pas. Tout était bien réel. Tout autour de lui, sa maison était complètement transformée avec une technologie qu'il ne pouvait pas expliquer en termes simples.

Il remonta les escaliers et s'approcha de la table, réalisant que Belzébuth y avait laissé une note.

« Ne vous inquiétez pas, si des gens entrent dans votre maison, ils ne verront que l'apparence d'avant. Même de l'extérieur, en regardant à travers les fenêtres, il sera impossible pour eux de voir quelque chose de nouveau dans votre maison. Sauf pour ceux que vous choisirez comme étant dignes de confiance pour lire le livre.

Après l'avoir lu, ils verront ce que vous voyez. Pour d'autres, elle sera toujours votre ancienne et humble maison. Ne vous empêchez surtout pas d'explorer ces nouvelles choses. J'ai pensé que vous souhaiteriez en apprendre davantage sur leurs fonctions qui se dévoileront au fur et à mesure que vous les utiliserez. Elles seront très intéressantes pour vous.

Vous êtes la seule personne qui peut voir et toucher tous ces objets. À partir de maintenant, vous n'avez pas à vous soucier de vous nourrir et demeurer au chaud. Il y en aura toujours amplement pour vous.

Avec mes meilleures salutations, Belzébuth. »

Tout de suite après la lecture du message, le papier prit en feu et disparut.

Le Spectre

Thomas s'assit à sa nouvelle table et sentit la douceur des coussins. C'était une sensation très agréable. Face à lui se trouvait le livre que Belzébuth avait rempli de toutes les réponses possibles à propos de cet univers si mystique dont il lui avait parlé. Ce livre contenait toutes les réponses à toutes les questions qu'il s'était posées durant toute sa vie.

Étant un alchimiste, Thomas était un jeune homme qui possédait une nature curieuse. Et sans hésitation, il ouvrit très délicatement le livre. À peine quelques secondes après, il entendit quelque chose de similaire au bruit d'une bûche de bois brûlant dans les flammes. Un petit nuage de fumée s'était ensuite élevé dans les airs.

Comme la fumée se dispersa d'elle-même, tout d'un coup, le visage de Belzébuth apparut sur la première page.

– Bonjour Thomas !

Thomas complètement terrifié, sauta de sa chaise, n'anticipant pas du tout de voir le visage de Belzébuth apparaitre sur la première page du livre. Il s'éloigna à toute vitesse de la table jusqu'à ce qu'il touche le mur derrière lui.

Tenant sa main sur son cœur, il essaya de reprendre son souffle. Ses yeux écarquillés dépeignaient sa peur. Le livre émettait encore le son, semblable au crépitement du bois dans le feu. Thomas s'approcha prudemment de la table en voyant le visage de Belzébuth qui lui souriait.

– Je vois que vous prenez les mesures nécessaires pour

acquérir les connaissances. Très bien Thomas. Je suis sûr que vous trouverez cela très intéressant. Vous avez visité votre nouvelle maison. J'espère que vous l'apprécierez. C'est loin d'être le dernier cri de la technologie que je possède actuellement, mais tout cela vous offrira certainement plus de luxe que n'importe qui d'autre sur Terre.

Revenant graduellement à ses sens, Thomas se dirigea lentement vers la table et ne pouvait plus retenir ce qu'il avait ressenti, tellement effrayé de l'apparition de Belzébuth :

– Vous m'avez fait tellement peur, Belzébuth ! Ne pourriez-vous pas utiliser une méthode d'approche plus douce pour vous présenter ? Oui, je suis plus que conscient de la transformation de ma maison. C'est complètement ahurissant !

– Je vous présente mes excuses si je vous ai fait peur, Thomas. Mais chaque fois que vous allez ouvrir le livre, ce que vous venez d'entendre et de voir est pour vous assurer que je suis près de vous si jamais vous avez des questions à propos du contenu du livre. À partir de maintenant, vous n'avez plus rien à craindre étant conscient de ma présence. Vous avez ma protection.

– Qu'est-ce que vous voulez Belzébuth ?

– Je garde l'œil sur vous. Je tiens à vous assurer que je désire que tout aille bien. Vous savez, vous êtes en quelque sorte mon protégé. S'il vous plait, continuez, commencez votre quête. Je ne vous dérangerai pas pendant que vous lirez.

Thomas accepta l'invitation de Belzébuth et s'assit à la table. Avec ses mains tremblantes, il tourna la première page. Le livre émit le bruit du crépitement du bois comme celui provenant de sa cheminée.

Le décryptage

Dès qu'il eut tourné la première page, deux minuscules et magnifiques colombes blanches aux ailes noires volèrent lentement. Thomas était complètement ébloui devant ces magnifiques oiseaux volant au-dessus de lui pour ensuite disparaitre peu après. Les étoiles ascendantes laissèrent une trace brillante d'une fine poussière blanche, comme les étoiles filantes qu'il aimait tant regarder chaque année.

Il était certainement un pur de cœur afin de pouvoir assister à cet événement à couper le souffle. Il comprit que cette présentation féérique, était le signe positif autorisant l'accès à la connaissance contenue dans le livre.

Ensuite, entouré d'un silence complet, Thomas commença à lire. Tout autour de lui se transforma en un monde très futuriste. Il était tellement concentré sur sa lecture que personne n'aurait pu l'en distraire de quelque manière que ce soit.

À mesure qu'il lisait, bien qu'il ne puisse pas voir ce qui se déroulait, tous les mots et les symboles se soulevaient du livre et caressaient doucement son visage. Il assimilait toute l'information. Il ne sentit rien tout au long de ce processus. Il apprécia la valeur de cette nouvelle certitude et la sensation de détente qui progressait en lui.

Il lui était impossible de décrire ou d'expliquer cet état de transformation. Mais il pouvait certainement affirmer, sans aucun doute, que le vide constant qu'il avait ressenti depuis si longtemps, en raison du manque de véritables réponses, se dissipait progressivement.

S'étant rendu à la moitié du livre, des larmes se mirent à couler sur son visage. Il ne pouvait plus continuer puisque les mots devenaient de plus en plus flous. Ses larmes étaient des larmes de joie. Il se sentait extrêmement heureux de posséder enfin la certitude de pouvoir atteindre ces niveaux supérieurs de la conscience, d'atteindre cet état d'être dont il avait seulement rêvé.

Il fut informé de l'existence d'une multitude de mondes magiques. Comment chaque être vivant dans ces civilisations, passées et futures, avait un dénominateur commun. Lui et tous les autres êtres existants revenaient, s'incarnaient jusqu'à ce qu'ils atteignent le sommet de la réalisation la plus spirituelle.

Ce qui était expliqué dans le livre démontrait que cette atteinte spirituelle n'avait aucun lien et aucune relation avec des dieux. Tout était plutôt relié au contexte de l'évolution individuelle correspondant au degré de connaissance et des sciences dont toutes les civilisations pouvaient bénéficier. Leur propre évolution correspondait au degré de connaissance et de science qu'ils avaient compris. Belzébuth lui disait comment atteindre cet état d'être sans l'usage de fantasme.

C'est la raison pour laquelle ces êtres suprêmes sont devenus ce qu'ils sont. Belzébuth était certainement l'un d'entre eux, se dit-il.

Il sécha ensuite ses yeux et continua de lire les centaines de pages restantes. Il ne pouvait pas s'arrêter. Il était complètement collé au livre pour réaliser qu'à la toute fin de sa lecture, c'était aux petites heures du matin. Pas une seule fois n'avait-il pensé à manger ou boire.

Le livre répondait à tout ce qu'il avait cherché en pratiquant l'alchimie, espérant qu'elle le guiderait à l'atteinte des mondes dont il avait seulement rêvé.

Ces mondes étaient réels et à son grand soulagement, il était heureux de constater que ce qu'il pensait tout au long de sa vie contenait une part de vérité et que ce n'était pas seulement le fruit de son imagination. Le contenu de ce livre était très puissant et libérateur.

Thomas s'était toujours demandé pourquoi il ne pouvait pas expliquer ce sentiment qu'il avait constamment ressenti depuis qu'il était enfant, que ces endroits existaient.

Avait-il fait partie de ces mondes dans le passé et fini par les quitter ? Avait-il enfreint à des règles le condamnant à devenir le prisonnier de ses propres transgressions ? Avait-il tellement transgressé que son destin le conduisit vers la mortalité d'un corps humain comme tant d'autres autour de lui ?

Il arriva à la dernière page, plus éveillé que jamais. Il ne ressentit aucunement la fatigue ni le besoin de dormir. Thomas était devenu un jeune homme transformé, très heureux de savoir qu'il avait trouvé ce qu'il cherchait. Il avait un grand sentiment d'avoir atteint le sommet de la plus haute montagne sur Terre. Il se sentait invincible et tout puissant.

Il devait trouver un moyen de faire connaitre cette information et en même temps se protéger et protéger tous les purs de cœur afin d'éviter toute suspicion, car celle-ci inviterait des confrontations catastrophiques des souverains et enseignants spirituels de son temps.

Croyances et superstitions

L'ange immoral, que plusieurs avaient cru qu'il était, n'était pas, après tout, fondé sur des faits. En dépit de cette étrange rencontre qui eut lieu durant la soirée précédente, Belzébuth, le Lucifer des ténèbres, n'était pas ce qu'on avait pensé de lui. Au contraire, il n'était l'ennemi de personne. Belzébuth n'était pas l'ange répugnant peint et illustré dans les écrits et les livres de l'époque.

Il n'y avait plus de doute dans l'esprit de Thomas, il était vraiment ce qu'il disait être. Après avoir lu le livre lui révélant l'entité authentique de l'humanité, la mauvaise réputation associée à Belzébuth était complètement erronée.

Mais comment Thomas pouvait-il suffisamment influencé les gens pour les amener à reconnaitre ce fait ? Malgré la hiérarchie et les autorités déjà bien établies et très puissantes, qui étaient toutes si profondément influencées par la religion de son temps. Ce serait loin d'être une mince tâche, mais Thomas avait bon espoir pour se lancer dans l'aventure.

Beaucoup de superstitions existaient durant son temps. Elles étaient toutes liées aux convictions religieuses. Les politiciens de l'époque l'utilisaient à volonté pour garder les gens ignorants et vulnérables.

La majorité des personnes vivant dans la ville de Thomas étaient analphabètes et sans instruction. Bien qu'ils soient tous des gens qui travaillaient dur, ils ne pouvaient pas se défendre ou contester les autorités pour obtenir leur liberté de penser ou d'avoir le pouvoir sur leur propre vie. Quelqu'un d'autre avait le pouvoir de la régenter pour eux.

On les força à croire que c'était nécessaire pour leur survie. Ce n'était pas quelque chose de nouveau, comme Belzébuth l'avait souligné tant de fois dans le livre.

Depuis le début des temps, l'homme s'était fait dire qu'il devait croire à quelque chose en dehors de lui-même. À un moment donné, l'Égypte adora le soleil, et plus tard, la lune et les étoiles. De plus, les dieux grecs et romains apparurent et la partie occidentale de la planète d'alors affirma, après la destruction d'un assortiment d'idoles géantes tout en or, qu'il n'y avait qu'un seul dieu et que le fils de dieu était unifié d'un esprit saint incarné par un oiseau.

Quand il y avait des cataclysmes naturels, plus particulièrement des tremblements de terre, des éruptions volcaniques, de violents tsunamis qui inondaient leurs terres, les sécheresses, etc., les leaders influents réprimandaient leurs civilisations. Puisque ces incidents étaient causés par leurs dieux furieux contre eux les pécheurs, ils devaient soit se repentir ou faire des sacrifices.

Ces sacrifices se manifestèrent sous toutes sortes d'afflictions qu'ils s'imposaient sur eux-mêmes. De tuer les nouveau-nés, des enfants, de jeunes adultes ainsi que des animaux pour apaiser leurs dieux enragés. Ils espéraient, en retour, les apaiser et obtenir leur pardon. Plus tard dans l'histoire, il y avait tellement de corruptions que les gens pouvaient acheter le pardon de leurs péchés par l'achat d'indulgences.

Ces faits, au cours des années, menèrent à la formation d'une autre secte de la religion qui s'était opposée à ce type de corruption et provoqué une scission encore existante au 21e siècle.

Il y eut effectivement des guerres entre ces deux groupes qui ne finirent que par des centaines de milliers de morts, pour aucune raison plausible, puisque tout ce qui concernait cette religion se basait sur des mensonges. Le raisonnement utilisé durant ces temps n'avait jamais rien résolu, puisque tout était fondé sur des allégations sans fondement.

En outre, durant la même période, d'autres religions se développèrent. Certaines suivirent de très près le même schéma dans lequel les différentes sectes de ces religions existent encore aujourd'hui. Elles restent d'aussi vicieux ennemis, en guerre les uns avec les autres au 21e siècle.

Bien que ces dernières déclarations aient été liées à des événements futurs, Thomas croyait que c'était le cours logique qu'allaient suivre les futures civilisations, considérant ces événements circonstanciels et actuels de son temps, si rien n'était fait afin de prévenir qu'elles se concrétisent.

Toute l'histoire de la Terre était remplie de nombreux exemples de ces types d'événements, avait écrit Belzébuth.

Avec cette nouvelle connaissance, l'homme était enfin en mesure de prendre le contrôle de son propre destin, le menant à la réalisation qu'il pouvait être complètement responsable de tout ce qui lui arrivait.

La communauté des alchimistes avait été réduite au silence depuis longtemps quand l'un des leurs, à l'époque de la petite enfance des alchimistes, avait osé défier la clique au pouvoir. Il avait été brûlé sur le bûcher de la place publique parce qu'il avait été qualifié d'hérétique. Si quelqu'un tentait de déranger quoi que ce soit aux autorités en place, cela se terminait toujours par des conséquences très cruelles.

La réponse à ces nombreux conflits était maintenant offerte avec la connaissance et la science fondamentale et incontestable.

Thomas s'était trouvé quelque peu introverti, après avoir lu le livre, mais réalisa qu'il devait revenir extraverti et commencer à rencontrer d'autres alchimistes et quelques-unes de ses connaissances avec qui il pouvait parler librement.

Ils étaient les gens les plus instruits de son temps, à part l'élite dirigeante. Il pensait que ce serait la meilleure approche à adopter.

Le sort de l'Apocalypse

Après avoir intensément réfléchi à toutes les possibilités avec lesquelles il resterait en contact avec ses amis pour la durée de ce qu'il nomma l'enchantement de la révélation, Thomas décida que le moyen le plus fiable pour communiquer avec eux était l'utilisation de pigeons voyageurs.

Ces messagers de l'époque devaient livrer ses invitations et puis continuer l'échange des messages entre eux indéfiniment. Il se rendit au marché le plus près de son domicile et acheta une demi-douzaine de ces messagers.

Il était un homme riche. Sa richesse venait d'une grande quantité de pépites d'or dont il avait hérité de ses parents. Thomas aurait pu utiliser sa petite fortune pour acquérir beaucoup de choses pour ses propres recherches et expériences d'alchimie, mais il n'avait jamais eu l'envie d'acquérir des objets de luxe.

Thomas se devait d'entrainer ces oiseaux à s'envoler vers les maisons où vivaient ses amis. Pour ce faire, il frappa à chacune des portes de toutes les personnes qu'il avait choisies pour leur dire qu'il avait une invitation spéciale pour eux. Et que la seule façon de la faire était d'entrainer les pigeons qu'il venait de se procurer, en plaçant de la nourriture à un emplacement bien spécifique qu'ils ne devaient pas changer.

Les pigeons étaient donc entrainés à s'envoler dans les deux sens jusqu'à deux fois par jour. La distance entre son domicile et ceux de ses amis était un voyage relativement court pour ces oiseaux.

Thomas commença à envoyer des messages sans importance juste pour s'assurer qu'ils étaient bien reçus et que ses amis pouvaient lui envoyer des messages en retour. Jusqu'à ce que les pigeons deviennent parfaitement fiables, les réelles invitations ne pouvaient pas être envoyées.

Tout devait être, bien sûr, une activité clandestine. Il y avait trop à risquer si les autorités découvraient ce que Thomas et ses amis faisaient.

Les quelques amis qu'il avait furent tous d'accord pour que cela se produise de cette façon. Ils étaient tous très curieux de savoir ce que cette invitation pouvait impliquer. Puis, Thomas s'était éloigné de ses amis pendant plusieurs jours.

Après avoir fait ses excuses en donnant la raison pour laquelle sa relation avait été temporairement suspendue, il leur dit que quelque chose de la plus haute importance allait leur être révélée, et que leur vie ne serait plus jamais la même.

Ils ont tous convenu de respecter les conditions prescrites par Thomas puisqu'ils comprenaient que leurs vies seraient en danger si les autorités en étaient alertées.

Le lendemain, Thomas fit sa tournée et apporta ses pigeons aux six de ses amis. Il avait également quelques petites fioles de verre qu'ils pouvaient fixer au dos des oiseaux dans lesquels ils devaient rouler leurs messages et les laisser s'envoler.

Comme ils allaient voler bien au-dessus de tout le monde, les petites fioles ne seraient jamais vues. Ensuite, il fallait les amener à retrouver parfaitement leur maison pour être nourri et vice-versa. Ce fut répété pendant plusieurs jours.

C'était le bon moment pour démarrer cette activité puisque tout allait comme Thomas l'avait souhaité. C'était encore l'été, facilitant la tâche pour ces oiseaux, car en hiver, ç'aurait été plus difficile.

Les pigeons voyageurs firent bonne figure et parce qu'ils étaient peu nombreux, personne ne pouvait deviner leur direction devenue routinière parmi les milliers d'autres pigeons qui volaient régulièrement au-dessus de leurs têtes. Dans leurs quartiers, les pigeons faisaient partie de la scène de tous les jours.

La tâche achevée, la seule chose dont les alchimistes devaient se préoccuper était de faire preuve de vigilance et de cacher les oiseaux de la vue d'étrangers. Après la réception du message et après y avoir répondu, tous se devaient de faire vite afin que l'oiseau s'envole de nouveau atténuant la suspicion de leur destination.

Confiant que tout fonctionnerait à merveille, le jour était enfin arrivé où Thomas cessa d'envoyer des messages sans importance et les remplacerait par les authentiques. Il n'avait jamais dit à ses amis exactement quand cela aurait lieu, mais ils le réaliseraient facilement puisqu'elle contiendrait une petite étoile filante esquissée juste en dessous du message.

Gaspar

Avant de réunir tous ses amis, Thomas se devait de tester chacun d'eux individuellement. Étaient-ils purs de cœur comme Belzébuth lui avait dit. C'était la première chose dont il devait s'occuper.

Ils devaient être en mesure d'ouvrir le livre sans incident. Il était inutile d'essayer de continuer si l'un d'eux ne pouvait pas répondre à la première obligation. Par conséquent, il envoya une invitation à la fois, en commençant par le plus jeune des six. Son nom était Gaspar.

Ils se connaissaient depuis leur enfance. Ils étaient environ du même âge. Ils avaient l'habitude de jouer ensemble et créer des histoires qui faisaient que le bien gagnait toujours sur le mal. Ils s'assuraient de toujours prédire qu'il y aurait victoire émergeant de leur combat très difficile à gagner contre les monstrueux dragons.

Tous deux eurent une très belle enfance, où ils étaient libres de créer des mondes imaginaires. Ils laissaient leurs jeunes esprits explorer le monde qui leur paraissait si vaste et qui semblait si prometteur.

Gaspar était un jeune garçon et enfant unique de parents très affectueux. Il n'était pas pressé de quitter leur maison puisque ses parents lui ont toujours exprimé clairement qu'il pouvait y demeurer à sa guise.

Sous un ciel de nuit, un pigeon voyageur atterrit à la fenêtre de Gaspar. Il lui jeta une pincée de grains et détacha sa ceinture pour prendre le message de Thomas. Il prit le petit morceau de papier de la fiole et le déroula pour le lire. Il sourit immédiatement en voyant le dessin d'une étoile filante juste en dessous du message. Le temps était enfin venu.

– Soyez chez moi ce soir à 00h00. S'il vous plait, répondez à mon invitation.

Gaspar très heureux du message répondit à l'invitation, puis laissa l'oiseau s'envoler en direction de la maison de Thomas en très peu de temps.

Il était très impatient d'en savoir plus sur ce que Thomas lui avait dit, et de voir par lui-même si c'était vrai que cette rencontre changerait sa vie pour toujours.

Jusqu'à présent, il était un apprenti alchimiste et n'était pas très avancé dans ses recherches. Il avait un grand penchant pour les charmantes jeunes femmes. Il était le « chanteur de pomme par excellence » pour toutes les jeunes dames.

Gaspar était un beau jeune homme très charmant. Il était de taille moyenne, il avait de longs cheveux bruns qu'il attachait en queue de cheval et il avait une barbiche. Il avait de grands yeux bruns et la façon dont il regardait les femmes, sa façon calculée lorsqu'il émettait cet irrésistible regard, faisait de lui un séducteur des plus irrésistibles.

Chaque jour, pendant l'été, il aimait se promener dans les marchés très affairés de la ville. Vêtu de ses plus beaux habits, il attirait l'attention des dames avec sa belle voix de ténor qu'il accompagnait de sa lyre dont il jouait très bien. Il chantait pour les dames, en échange de quelques pièces de monnaie dont il était très reconnaissant de recevoir, pourvu qu'elles proviennent des belles femmes.

Il adorait contempler leurs seins voluptueux qui se révélaient de leurs corsages alors qu'elles se penchaient élégamment pour déposer de la monnaie dans son chapeau qu'il avait, bien sûr, stratégiquement positionné au bon angle, à la droite de ses pieds.

En retour, il jouait au gentilhomme, présentait sa révérence des plus gracieuses. Il les invitait à lui présenter leur main qu'il caressait d'un baiser les remerciant pour leur « geste » qu'il qualifiait des plus gracieux. C'était devenu en quelque sorte un passe-temps dont il raffolait. Il chantait et jouait de sa lyre pour les dames depuis un certain temps. Et parce qu'il n'était pas pressé de mettre un terme à cette activité, il espérait, dans un avenir lointain, tomber finalement amoureux et se marier avec la plus belle des femmes.

Malgré les nombreuses invitations qui se manifestaient de la manière la plus sensuelle, provenant même de femmes plus âgées que lui, Gaspar se restreignit de céder à ces aventures sans lendemain. Il ne voulait pas s'impliquer dans quelque chose qui lui donnerait possiblement une mauvaise réputation. Tout devait demeurer platonique.

Le jour est enfin arrivé pour Gaspar. Il allait à la rencontre de son ami Thomas dans quelques heures. Pour le moment, avant sa rencontre, il profitait du moment pour chanter et regarder les belles femmes.

À la maison de Thomas

Gaspar arriva à l'heure à la maison de Thomas. Il était très curieux de savoir où tout cela le mènerait. Thomas l'invita à s'asseoir à la table, en tirant une chaise, qui était un tabouret aux yeux de Gaspar. Il lui servit une tasse de thé dans une belle tasse blanche qui se changea ensuite en une tasse de céramique rugueuse au toucher des mains de Gaspar.

Inconnu de Gaspar, Thomas devint témoin de la métamorphose, aussitôt que l'objet toucha les mains de Gaspar. Thomas voyait les belles chaises et les belles tasses, mais Gaspar voyait et touchait les vieux tabourets usés et savourait lentement son thé dans une vieille tasse.

Thomas dut faire de son mieux pour que Gaspar ne suspecte rien puisqu'il sourit réalisant ce que Belzébuth lui avait dit : « Personne ne sera en mesure de voir ce que vous voyez ». Il s'en souvint.

– Êtes-vous à votre aise ? demanda Thomas.

– Autant que je peux l'être avec ce que vous avez, je suppose.

Gaspar maugréait, étant si inconfortablement assis.

– D'accord, dit Thomas. Il est maintenant temps de vous donner la raison de mon invitation. J'ai rencontré Belzébuth en personne.

– Quoi ? Cela ne peut pas être. Êtes-vous devenu fou ? dit Gaspar, se retirant de la table, faisant tomber le tabouret et se tenant debout, incrédule.

– Attendez, dit Thomas. Je dois vous dire sous quelles circonstances tout cela s'est produit. Je ne suis pas fou Gaspar.

– Ça a vraiment, mais vraiment besoin d'être très convaincant, Thomas. Je n'aurais jamais cru que vous me diriez une telle chose de toute ma vie !

Thomas se dirigea vers l'une des étagères et prit le livre pour le présenter à Gaspar.

Comme il se rassit sur le tabouret, Thomas le rassura et il finit par se calmer.

Il posa le livre sur la table et Gaspar ne savait pas quoi penser de cette couverture en cuir tout brûlé. Gaspar, sans aucune hésitation, était sur le point d'ouvrir quand Thomas posa sa main sur la sienne pour l'en empêcher. Il y avait un bruit de crépitement venant du livre.

– Non pas tout de suite Gaspar ! Pas maintenant. Je dois vous dire quelque chose avant que vous l'ouvriez.

– Je vous écoute Thomas, dit Gaspar exprimant un peu d'impatience.

– Comme je vous l'ai dit, j'ai rencontré Belzébuth, il existe, croyez-moi. Il n'est pas celui que vous croyez qu'il est. Il n'est pas ce qu'on vous a décrit de lui, bien au contraire. Il m'a montré quelque chose que vous n'auriez jamais imaginé, comme je l'ai moi-même réalisé. J'aurais tellement souhaité que vous soyez avec moi pour vivre cette expérience.

Belzébuth n'est pas l'ange obscur provenant des ténèbres dont les gens ont été si fortement convaincus qu'il est. Il est un être très puissant et ce qui m'a stupéfié le plus dans tout ça dans un très bon sens, c'est que nous sommes tous comme lui.

Nous pouvons être puissants et immortels et demeurer dignes de confiance, Gaspar ! Ce qu'on nous a dit tout au long de l'histoire n'était que des mensonges. Je veux que vous soyez en mesure de lire ce livre et comprendre les informations qu'il contient.

Il est cependant important qu'en premier lieu, que cette confiance soit détectée. Le livre est une entité vivante, Gaspar. Il permet de détecter si vous êtes bien ou mal intentionné. C'est un test que chacun d'entre nous, vous, moi et les autres alchimistes, devons nous soumettre.

Nous devons gagner la confiance du livre pour obtenir l'information. Je suis le premier à avoir réussi. C'est maintenant votre tour.

Comme il lui donnait les conditions, Thomas se rendit à la porte pour vérifier s'il y avait des rôdeurs près de sa maison. La ville était complètement déserte. Seule une paire de chouettes adultes nourrissaient leurs poussins. Ils se firent entendre de l'arbre devant la maison de Thomas. Tout autour, un silence complet.

Thomas ferma et verrouilla la porte pour retourner à la table. Il fut étonné positivement, voyant Gaspar qui regardait deux colombes miniatures qui battaient leurs ailes noires pour s'envoler du livre.

– Ah ! Je suis tellement content et heureux ! Vous êtes un pur de cœur ! Gaspar. Vous pouvez maintenant lire le livre !

– Quel est ce bruit de crépitement ? Est-ce que ce livre va me brûler le visage ? questionna un Gaspar devenu inquiet.

Thomas était sur le point de lui répondre, lorsqu'il vit le regard de Gaspar soudainement effrayé. Paralysé à son tabouret. Ses yeux étaient grands ouverts et il était complètement sidéré de voir cet être ailé si imposant, apparaitre juste derrière Thomas.

Son visage était blanc comme la neige. Il n'avait pas, tout comme la première rencontre de Thomas avec Belzébuth, de mots pour expliquer ce qu'il voyait. Sa crainte n'avait cependant pas suffisamment affaibli son esprit pour l'empêcher de voir la chaine et les chiffres que portait Belzébuth autour de son cou. Il n'avait pas à deviner qui il était.

– Gaspar, Gaspar, vous êtes ici. Vous ne pouviez pas attendre ? dit Belzébuth.

Une apparition provenant de nulle part

Belzébuth n'avait nul besoin d'une introduction. Gaspar devint tout à fait conscient et sans équivoque de qui il s'agissait. Thomas se retourna, surpris d'entendre la voix profonde de Belzébuth.

Belzébuth fixait Gaspar qui, inexplicablement, ressentait que ses grands yeux noirs si perçants envahissaient l'intérieur de son crâne. Gaspar ne pouvait cesser également de le regarder dans les yeux.

Le silence qui suivit leur donna un frissonnement qui traversa tout leur corps. Puis, s'approchant plus près de lui, Belzébuth lui dit :

– Jeune homme, bienvenue à la guilde.

– Vous êtes Belzébuth ! dit Gaspar, encore effrayé par cette rencontre des plus inimaginables.

– En effet mon ami. Je suis Belzébuth de Sirius. Vous avez passé le test et je vous en félicite. Je suis ici pour vous avertir à propos de votre action précipitée d'ouvrir le livre. Vous ne vouliez pas attendre, n'est-ce pas ?

– Non, je ne le voulais pas. Il s'est écoulé un certain temps avant que je puisse enfin obtenir l'invitation de Thomas. Il m'a gardé dans le mystère total pendant longtemps et puisque je suis, par nature, un homme très curieux, je ne pouvais plus attendre plus longtemps, justifia Gaspar.

– Je suis très conscient de ce que vous me dites. J'ai obtenu la preuve indéniable de votre curieuse nature à plusieurs reprises, plus précisément vis-à-vis de votre penchant vers les belles femmes, dit Belzébuth, lui souriant en retour.

Quelque peu embarrassé, Gaspar devint cependant plus calme et détendu. Il se retint de sourire en retour. Thomas regarda Gaspar pour un moment, intrigué par la dernière déclaration de Belzébuth. Gaspar n'aurait jamais été en mesure d'ouvrir le livre s'il était devenu un homme dégénéré.

Thomas chassa cette pensée. Cependant, il se dit que si l'occasion se présentait, il voudrait bien en savoir davantage sur cette activité.

Sentant Thomas qui le suspectait d'agissements inacceptables, Gaspar lui assura qu'il ne faisait rien de mal.

– Très bien, dit Belzébuth, ce n'est pas le temps de scruter l'histoire de votre vie. Je voulais juste vous rencontrer Gaspar et vous dire de ne pas précipiter les choses. Cet avis vous servira à long terme. Je vous trouve intéressant.

Ensuite, Belzébuth disparut aussi vite qu'il était apparu quelques minutes auparavant.

Gaspar et Thomas étaient maintenant seuls.

– Thomas, est-ce juste le fruit de mon imagination ou est-ce vraiment arrivé ?

– Non, c'est la réalité, Gaspar. Ne m'en demandez pas plus pour l'instant. Je trouve que Belzébuth, de mon expérience, est un être très imprévisible. Je vais maintenant vous laisser lire le livre. Voulez-vous du thé ?

– Oui, je vous en serais très reconnaissant, merci.

Thomas avait hâte de voir le phénomène réapparaitre. Il était très intrigué de voir à nouveau la tasse blanche changer de forme à l'instant où Gaspar la prendrait dans sa main.

– N'essayez pas de vous rendre à la fin du livre avant d'avoir tout lu ! lui dit Thomas qui ne pouvait pas résister à la tentation de le taquiner.

– Je n'ai pas besoin d'avoir cet avertissement pour une deuxième fois. J'ai compris Thomas, grommela Gaspar.

Le deuxième Alchimiste

Assis devant Gaspar, Thomas le regardait silencieusement pendant qu'il tournait chacune des pages du livre où les mots et les symboles s'effaçaient doucement au contact de son visage. Lui aussi entrait dans l'environnement d'un monde très futuriste.

Thomas appréciait vraiment qu'une autre personne puisse enfin acquérir les connaissances dont il avait été le seul à posséder, depuis longtemps, à ce qu'il lui sembla.

Tout en regardant Gaspar dévorer l'information, il ne pouvait s'empêcher de penser à l'énorme quantité d'anciens textes contenant des informations similaires légués aux humains du passé. Il se dit en lui-même qu'elles étaient probablement analogues à celles contenues dans ce livre. Que c'était plus que malencontreux qu'elles aient toutes été incinérées et détruites.

Il essayait de s'imaginer ce qui aurait pu arriver si les personnes qui furent les témoins de la première tentative de Belzébuth, à qui il voulait divulguer l'information, avaient agi autrement et lui avaient souhaité la bienvenue au lieu de l'attaquer.

Ç'aurait été un monde complètement différent et meilleur, pensa-t-il.

Un monde qui aurait agi par la science et qui aurait avancé vers un avenir meilleur que celui dans lequel il vivait. Il pouvait jurer avec certitude que le monde aurait certainement pris un tournant pour le mieux, contrairement aux résultats actuels, causés par toutes ces croyances apportées à l'humanité. Il en était à cent pour cent certain.

Thomas sortit de ses pensées hypothétiques lorsque Gaspar l'interrompit en fermant le livre. Gaspar était dans un état d'exaltation.

– Thomas, je ne m'attendais pas de toute ma vie d'avoir accès à un livre comme celui-ci. Je n'ai jamais imaginé entrer dans un monde si beau et si paisible avec tant de belles personnes et en particulier de belles femmes, lui chuchota un Gaspar devenu très émotif, les larmes coulant sur son visage.

Je me sens au septième ciel, juste à la pensée que tout cela est vrai. Est-ce vraiment la réalité Thomas, est-ce vraiment vrai ?

– Je vous l'avais dit, Gaspar. Tout est vrai.

Vous devez vous rendre à la maison avant que quelqu'un ne vous voie. Vous savez maintenant plus que jamais pourquoi vous devez garder le secret. Êtes-vous à l'aise de retourner à la maison seul ? Il fait vraiment noir dehors.

– Tout ira bien, Thomas. Ne vous inquiétez pas.

– Envoyez-moi un pigeon pour me dire que vous êtes arrivé en toute sécurité, d'accord ?

– Oui, Thomas, je le ferai. Bonne nuit !

Gaspar quitta la maison. Thomas ferma la porte. Et quand il jeta un œil pour voir où se trouvait Gaspar, il remarqua à travers la petite fenêtre de sa porte qu'une douce lumière bleue perçait le ciel et illuminait la rue au-dessus de Gaspar. Celle-ci émettait un son similaire aux battements lents d'un cœur.

Thomas ouvrit immédiatement la porte. Le couple de hiboux hébergés dans l'arbre, dans la cour en avant de sa maison, avaient cesser d'émettre leurs habituels ulules aussitôt que la lumière apparut.

S'éloignant de sa maison tout en regardant le ciel, Thomas éprouvait de la difficulté à identifier et localiser précisément l'objet qui brillait. Il était très difficile de localiser cette luminosité parmi les milliers d'étoiles qui rayonnaient dans le ciel nocturne. Puis, la lumière disparut.

Thomas retourna vers sa maison. De son arbre, deux paires d'yeux le regardèrent. Les hiboux recommencèrent à émettre leurs sons d'ulules si réconfortants, comme s'ils voulaient rassurer Thomas que tout était revenu à la normale.

Thomas n'était pas prêt d'aller au lit après ce céleste phénomène. Il s'assit sur un des gros rochers à proximité de son domicile et se perdit dans ses pensées regardant le ciel en attendant l'arrivée du pigeon voyageur. Un peu plus tard, le pigeon voyageur vola vers lui. Le message provenait bien de Gaspar.

« Arrivé en toute sécurité. Signé Gaspar. »

Heureux qu'il soit arrivé chez lui en toute sécurité, Thomas entra dans sa maison quand un deuxième pigeon voyageur apparut. Le message lui disait :

« Avez-vous vu la lumière qui était au-dessus de moi ? Était-ce l'une de ces belles femmes que j'ai vues dans le futur qui veillait sur moi ? Signé Gaspar. »

Cela fit sourire Thomas. Tous les deux savaient qu'il n'était pas nécessaire de chercher des explications. Belzébuth veillait sur ses protégés.

Thomas entra dans sa maison, nourrit les deux pigeons, les déposa dans leurs cages et alla se coucher.

Le combat sans fin de Belzébuth

Belzébuth perçut des ondes très puissantes et dérangeantes alors qu'il se dirigeait vers Sirius. Il reconnut la source de ces ondes juste avant son entrée sur l'Étoile.

– Encore eux, eh bien...

Il se sentit, encore une fois, ennuyé à mourir, de voir dans le ciel, son ennemi no 1, en un tas de méduses. Il savait qui ils étaient. Pour Belzébuth, ce n'était qu'un tas de méduses sans cervelle remuant sans cesse leurs tentacules dans le cosmos, et qui dérangeaient les autres inutilement pour satisfaire leurs esprits maléfiques et tordus.

Ces entités qu'il connaissait bien et depuis fort longtemps étaient celles qui causaient des dommages à travers tout le cosmos. Bien qu'elles n'aient pas d'apparence physique, elles étaient cependant la principale cause de la calamité.

Elles n'étaient pas du tout bien intentionnées comme Belzébuth l'était. Leurs jeux étaient de mettre la main sur quelques individus des différentes civilisations. Elles les choisissaient pour les endoctriner avec des informations qui n'étaient pas fondées sur la science ou sur la preuve.

Ils exercèrent une telle influence que cela affectait non seulement la civilisation actuelle, mais toutes celles à venir puisqu'ils s'assuraient que ces influences se transmettent de génération en génération. Leurs *modus operandi* étaient de donner aux personnes qui étaient alors en position de manipuler n'importe qui, le pouvoir d'influencer le reste du monde et de les mettre à leur merci.

Elles exercèrent leur influence sur les hommes les plus dérangés intellectuellement. Ils leur montrèrent alors la puissance de dieux incroyables qui devenaient complètement furieux par la gravité et le nombre incalculable de leurs péchés. Toutes ces histoires erronées étaient agrémentées de superstitions et de croyances. Elles devinrent l'objet de condamnation pour l'homme afin qu'ils demeurent inférieurs et ne puissent jamais regagner leur conscience transcendante.

Elles ont choisi Ébrim et quelques autres qui possédaient les mêmes caractéristiques afin d'accomplir leur mission dégoûtante. La raison était fort simple – ces personnes étaient les plus narcissiques et sournoises qu'ils avaient pu repérer.

Ces êtres humains n'étaient pas suffisamment extravertis pour percevoir le mensonge et l'hypocrisie. Ils étaient trop friands à impressionner leurs visiteurs qu'ils trouvaient si inspirants. Ces méduses sans cervelle, comme Belzébuth les appelait, effectuèrent leur sale boulot sur chacun de ces types d'Ébrim.

Belzébuth savait qu'à un moment donné, il devrait revenir sur Terre. En dépit de la première rencontre avec Ébrim, il savait que si les mensonges persistaient pendant une longue période, cette civilisation n'aurait aucune chance. Une invitation destinée à une autodestruction certaine.

Cet ennemi ainsi que ses descendants, revenaient toujours pour tenter de l'empêcher de transférer les connaissances et de la science aux autres. La population de Sirius devint imperméable aux dommages qu'ils continuaient de créer ailleurs, car elle avait atteint une plus grande intelligence et conscience. Elle n'était plus une cible intéressante.

L'ennemi n'était pas à la poursuite de Sirius, mais de ce que Belzébuth avait récemment réalisé sur Terre. Ils prirent conscience que, parmi les millions de personnes vivant sur cette planète, Belzébuth avait repéré quelqu'un à qui donner l'information.

Belzébuth avait toujours réussi à riposter. Il était très puissant et ses ennemis n'avaient jamais eu de chance de même rêver pouvoir le vaincre.

Belzébuth passa près d'eux sans grand intérêt, car pour lui, ils

n'étaient tout simplement pas à la hauteur. Il savait qu'ils avaient

perdu une fois de plus. Cette planète ne pourrait plus jamais être faussement influencée.

Le troisième alchimiste

Sans que Thomas et Gaspar ne le sachent, Belzébuth prenait toutes les précautions nécessaires pour assurer leur sécurité. Gaspar visita Thomas régulièrement pour partager ses sentiments à l'égard de ce qu'ils avaient découvert et appris.

Gaspar n'était plus enclin à s'impliquer dans son passe-temps favori. La raison pour laquelle il ne chanterait plus devant de belles femmes n'était pas qu'il n'aimait plus le faire, mais plutôt qu'il devint profondément touché à la suite de l'obtention de ce privilège de connaitre quelque chose que la majorité ne savait pas. Il prit la décision de mettre cette activité de côté pendant un certain temps.

Gaspar avait atteint un niveau de conscience très élevé en devenant un pur de cœur. Il pouvait maintenant voir l'intérieur de la maison de Thomas dans sa nouvelle réalité. Lors de sa deuxième visite chez Thomas, non seulement il devint capable de voir tout ce qui était nouveau, mais put toucher à chacun des objets.

Donc, tout pour Gaspar devenait alors exactement comme Thomas le voyait. Ils dégustèrent ensemble la nourriture, enveloppée d'un emballage étanche. Elle était délicieuse. C'était plus que de la magie pour lui.

Tout provenait d'un concept de ce qu'il présuma des maisons du futur. Gaspar était très intrigué et voulait en savoir davantage sur ces nouveaux objets et comprendre leur utilité.

Puis, vint le jour où ils invitèrent un autre ami. Thomas avait hâte de savoir si Albert deviendrait, lui aussi, un pur de cœur.

Le pigeon voyageur fit son travail comme il se devait. Albert reçut l'invitation et il se présenta à l'heure, à la maison de Thomas.

Il était tout œil et oreille sur ce que Thomas était sur le point de lui dire. Cette révélation qu'il savait d'une très grande importance, et qu'il ne devait partager avec personne d'autre que des purs de cœur.

Albert était l'aîné des amis de Thomas. Il avait trois fois son âge. Alchimiste très expérimenté, il possédait une très bonne réputation et inspirait le respect de ceux qui le connaissaient, y compris ses pairs.

Il prenait soin de quelques apprentis inexpérimentés qui appréciaient sa patience, son talent et le partage facile et compréhensible de ses connaissances, avec des exemples concrets de l'alchimie, qu'ils pouvaient mettre à profit.

Thomas l'invita à la table tenant le livre dans ses mains.

— Albert, le livre que je tiens dans mes mains est la raison de mon invitation. Si vous pouvez l'ouvrir, cela signifiera que vous êtes digne de confiance et vous êtes un pur de cœur.

— Qu'est-ce que ce livre ? interrogea Albert.

Thomas le déposa en face de lui.

Albert crut que Thomas l'invitait à l'ouvrir. Thomas intervint tout de suite et souleva sa main de la surface du livre.

— Non, pas encore, dit Thomas. Ce livre contient toute la science et les informations que vous devez savoir sur l'univers entier. Ce que nous sommes vraiment, et pourquoi. D'où nous venons et pourquoi nous sommes ici sur Terre. Si le livre vous fait confiance, il vous permettra de lire son contenu. Sinon, l'accès vous sera refusé. L'auteur de ce livre est Belzébuth.

— Belzébuth... existe vraiment ? Thomas, êtes-vous devenu fou ? dit Albert, dont le visage devint rouge vif et donnait l'impression que ses grands yeux étaient sur le point de sortir de sa tête.

La stupéfaction se lisait partout sur son visage.

— Non, je peux vraiment vous assurer que je ne suis pas devenu fou. Il n'est pas ce que vous croyez qu'il est. Je l'ai rencontré. Tout ce qu'il m'a dit et tout ce qu'il m'a montré sont bien au-delà de tout ce à quoi je pouvais m'attendre de mon alchimie et de mes recherches en vue de trouver la vérité. Ce que nous, tous les alchimistes, sommes si acharnés à trouver depuis très longtemps. Il est réel et il m'a donné cette unique occasion de savoir enfin ce qui est indispensable à la vie. Il m'a expliqué aussi pourquoi l'univers fonctionne actuellement de cette façon.

– Si je ne vous connaissais pas depuis si longtemps, je vous aurais sérieusement jugé, à partir de ce que vous venez de me dire, comme étant un homme totalement détraqué.

Thomas lui expliqua tout comme il l'avait fait avec Gaspar. Que Belzébuth n'était pas l'ange noir des ténèbres, mais qu'il était un être très puissant. Et qu'eux aussi avaient la chance de devenir comme lui et être dignes de confiance.

– Comment se fait-il qu'il se soit présenté à vous au lieu de quelqu'un d'autre ? questionna Albert.

– Je n'ai honnêtement aucune raison véritable à vous donner. Je ne sais pas, Albert. Cela dit, souhaitez-vous savoir si vous pouvez obtenir l'information ? J'espère que vous serez en mesure de l'ouvrir. Je vous souhaite le meilleur comme toujours depuis que je vous connais.

Albert fixa son attention sur Thomas pendant un certain temps. Il était assis sur un tabouret et se sentait très mal à l'aise après cette révélation qui lui était difficile à comprendre.

– Bon Albert, s'il vous plait, ouvrez-le.

Thomas s'assit à la table devant Albert et le regarda attentivement alors qu'il était sur le point de l'ouvrir. Il n'avait aucun doute qu'Albert soit digne de confiance.

Albert le regarda, puis regarda le livre. Il mit ses deux mains sur le couvert. Tous les deux pouvaient entendre très distinctement le crépitement venant du livre.

C'est un très bon signe, pensa Thomas.

Albert caressa la couverture, se demandant comment ces étranges dessins de flammes et la rose rouge avaient pu être gravés sur ce cuir épais et brûlé.

– Puis-je avoir de l'eau ? Ma gorge est tout à coup très sèche.

– Certes, dit Thomas, qui prit une tasse blanche et douce, la remplit d'eau fraiche et vit le même type de métamorphose comme ce qui s'était passé avec Gaspar.

La belle tasse blanche devint une tasse en céramique usée, au contact de la main d'Albert.

L'avalant d'un coup, ses mains s'approchèrent de nouveau de la couverture du livre. Thomas devint nerveux puisqu'il ne s'attendait pas à ce qu'Albert se comporte comme quelqu'un d'hésitant.

Il le connaissait plutôt comme étant un homme très intelligent qui n'avait pas peur de prendre un risque afin d'avoir une meilleure connaissance et compréhension de tout ce qu'il avait vécu dans la vie. Il estimait qu'Albert n'agissait pas naturellement.

– Merci, Thomas, je me sens beaucoup mieux maintenant.

Thomas sentait qu'il ne voulait pas toucher le livre. C'est alors que Belzébuth fit son entrée en émettant un violent coup de vent. Albert fixa son regard sur l'être ailé. Thomas sentit que quelque chose n'allait pas avec Albert.

Utilisant une approche très directe, Belzébuth interrogea Albert.

– Pourquoi avez-vous des doutes au sujet de mon existence ? N'avez-vous pas entendu parler de moi ? Est-ce que ce que Thomas vous a dit n'était pas assez convaincant ? Je suis Belzébuth de Sirius, Albert.

Albert regarda cette imposante silhouette d'un être qu'il n'aurait jamais imaginé voir dans sa vie.

– Je n'ai jamais pensé sincèrement que vous existiez. Maintenant, je peux sans aucun doute l'attester.

– Alors, qu'attendez-vous pour ouvrir le livre ?

Belzébuth disparut en un rien de temps alors qu'Albert était encore sous le choc de son apparition. Il regarda Thomas puis le livre. Le crépitement se faisait entendre et il l'ouvrit finalement. Deux colombes blanches et minuscules avec des ailes noires firent leur apparition, s'envolant du livre comme ils l'avaient fait pour Gaspar.

– Voulez-vous plus d'eau, maintenant que vous avez réussi ?

– S'il vous plait, je sens que j'ai besoin d'un seau d'eau ! dit Albert.

– Ne le craignez pas, Albert. Je suis désolé que cela vous ait secoué, mais il n'y a rien que je puisse faire pour vous réconforter. Après avoir lu le livre, vous vous sentirez mieux, beaucoup mieux.

– Je dois vraiment vous faire confiance pour ce que je suis sur le point de faire, Thomas.

Albert s'empressa de prendre trois pleines gorgées d'eau et après avoir longuement regardé le livre, il entra dans le monde du futur où il y avait des édifices de cristal bleu et des gratte-ciels peuplés de belles et puissantes personnes. Pour toute la durée de sa lecture, Albert ne l'avait pas interrompu une seule fois pour le questionner sur ce qu'il lisait. Il était collé au livre de la même façon dont Gaspar et lui-même l'avaient fait.

Thomas était heureux et soulagé que ses perceptions d'Albert fussent validées. Albert était digne de confiance et un pur de cœur.

Lorsqu'Albert ferma le livre, il devint physiquement beaucoup plus jeune que lorsqu'il était entré, à cause de ce qu'il éprouvait depuis sa lecture.

Thomas ne lui dit rien à propos de cette transformation. Il préférait qu'Albert fasse sa propre découverte.

— Je ne peux pas dire autre chose que je suis complètement bouche bée, Thomas. Je ne peux rien dire pour le moment. Permettez-moi de digérer ce que je viens de lire pendant un certain temps. Je ne pourrai jamais assez vous remercier de m'avoir fait confiance. Je sens que je suis un nouvel homme.

— Très bien Albert. Il est temps pour vous de rentrer à la maison pour vous reposer et avoir un bon sommeil.

— Comment pourrais-je être capable de dormir après ce que je viens de lire ?

— Je vous assure que vous le pourrez. Juste une chose avant de quitter, s'il vous plait envoyez-moi un pigeon voyageur pour me dire que vous êtes arrivé chez vous en toute sécurité.

— Je le ferai. Bonne nuit Thomas.

Albert quitta la maison de Thomas sous la forme d'un homme complètement transformé. Lorsqu'il commença à marcher dans la rue déserte, le couple des hiboux arrêta subitement de faire entendre leurs ulules habituels, en raison d'une lumière bleue qui perça les nuages avec un son doux qui rayonnait au-dessus d'Albert. Thomas savait alors ce qui se passait et n'était pas aussi nerveux que lorsqu'il avait vu ce phénomène se manifester pour la première fois avec Gaspar.

Satisfait d'avoir reçu le message qu'il attendait d'Albert, un Thomas très heureux entra dans sa maison pour une bonne nuit de sommeil.

La Transformation

Albert n'avait pas l'habitude de se regarder dans un miroir. Il estimait que l'apparence physique n'était pas un sujet sur lequel il accordait de l'importance, surtout en vieillissant. Cependant, dans les jours qui suivirent sa cure de jouvence, il trouva que les gens qu'il rencontrait, lors de ses courses ou lorsqu'il se rendait au marché, le regardaient d'une façon différente.

Mais qu'est-ce qui se passe ? se dit-il.

C'est seulement lors d'une soirée en arrivant à sa demeure qu'il prit la décision de trouver quelque chose avec lequel il pouvait voir le reflet de son visage. Il trouva finalement dans son grenier un fragment d'un miroir brisé.

Il se rendit ensuite à sa chambre, mit sa lanterne sur sa commode et tint le miroir devant son visage. Il se rendit compte à quel point il avait l'air plus jeune. Les repousses de ses cheveux et de sa barbe repoussaient en couleur noire et créaient un contraste évident avec sa barbe et ses cheveux auparavant gris.

Il n'avait plus de profondes rides sur ses joues, son front avait à peine quelques lignes et ses paupières n'étaient plus lourdes. Les poches qu'il avait sous les yeux, disparues.

Albert n'avait pas autant ri de toute sa vie en se regardant dans le miroir. Tout le quartier pouvait l'entendre.

Pas étonnant qu'ils te regardaient si étrangement mon vieil Albert !

Il n'était pas en colère au sujet de sa transformation, bien au contraire. Il estimait que la connaissance de la vérité avait quelque chose à voir avec elle. Beaucoup de travail se trouvait devant lui. Il se devait d'avoir un corps plus performant pour continuer un peu plus longtemps, le temps de faire ce qu'il avait promis à Thomas, pensa-t-il.

Heureux de son apparence, il laissa pousser sa barbe et ses cheveux tels quels. Peut-être que c'était un signe de ce à quoi une Terre et les gens qui l'habiteraient pourraient enfin devenir avec la connaissance du livre. Ayant été lui-même transformé, il se sentait très excité à l'idée que cette possibilité puisse se matérialiser pour la population.

Peut-être que cela fait partie d'une Terre nouvellement née.

Cela lui donnait l'espoir d'une très longue vie, une vie éternelle peut-être, étant sa récompense en échange de son travail accompli.

Il savait cependant que tout devait rester secret pendant un certain temps puisqu'une solution devait être trouvée sur la façon dont ils seraient capables de tout dire aux gens sans alerter les autorités actuelles. Surtout que celles-ci n'avait jamais reconnu officiellement la profession d'alchimistes. Beaucoup de choses étaient en jeu. Il était conscient que ce qu'il était sur le point d'entreprendre ne serait pas facile.

Il espérait que Thomas et Gaspar exercent aussi leur forte volonté pour que cela se réalise, et qu'ils n'abandonneraient jamais.

Les vilaines autorités

À cette époque du Moyen-âge, là où ces hommes vivaient maintenant libres et transformés, n'avaient plus beaucoup d'intérêt pour leurs activités précédentes. Ils devenaient moins attirés par ce qui était, autrefois, si attrayant.

Malgré leur intérêt au sujet de la vie en général, ils étaient tout à fait conscients des problèmes qui affligeaient en général la population autour d'eux.

Les gens ne pouvaient pas gagner suffisamment d'argent pour répondre à leurs besoins quotidiens. Les autorités envoyaient des collecteurs d'impôts, forçant la population à cotiser. Il n'y avait pas d'échange de données provenant des autorités qui imposaient ces frais sur toute la population. Les gens demeuraient toujours aussi pauvres en raison de ces collections illégales.

Il n'y avait rien pour justifier ce que les autorités faisaient pour s'enrichir et pour faire constamment des menaces aux gens qui osaient s'opposer à se conformer aux « droits et lois ». On put observer de plus en plus de boycottage, pour se venger de cette injustice.

Ceux qui ne voulaient pas renoncer à leur argent légitimement mérité et gagné, après de très longues heures de travail, étaient battus devant leur femme et leurs enfants. Leurs petites quantités de céréales, d'œufs, de lait et d'eau fraiche étaient toutes volées.

Les collecteurs d'impôt étaient tous avertis que lorsqu'ils ne pouvaient pas obtenir de l'argent, ils devaient alors trouver un moyen de le remplacer par tout ce qu'ils pouvaient prendre dans les maisons des propriétaires défavorisés.

Si ce n'était pas assez pour finalement les amener à se rendre, les victimes étaient amenées contre leur volonté sur la place publique. Le son d'une cloche attirait l'attention des citoyens et cette cloche sonnait sans arrêt jusqu'à ce qu'une immense foule s'assemble. Les autorités devaient annoncer quelque chose de très important.

Des hommes marchaient bien ligotés avec de lourdes cordes autour du cou et de leurs bras. Ils étaient escortés vers la place publique par des soldats et des bourreaux masqués et très musclés.

Au début de chaque annonce, on énonçait les raisons pour lesquelles ces hommes étaient arrêtés. Ils étaient soit libellés en des êtres devenus des sorciers qui utilisaient la magie noire, des mangeurs de bébés ou le plus effrayant de tous, l'incarnation de Lucifer qui venait hanter et maudire les bonnes personnes qui elles, donnaient le bon exemple en payant leurs cotisations, en bons citoyens qu'ils étaient.

S'ils ne voulaient toujours pas payer ces taxes frauduleuses, les châtiments étaient votés sur place, contre la volonté de la population outragée. Ils étaient soit emprisonnés à vie, torturés jusqu'à ce qu'ils se soumettent et payent ou, s'ils refusaient toujours sans relâche, ils étaient condamnés à un très long supplice où la mort les attendait. Ils étaient privés de nourriture et d'eau. Et pour les pires délinquants, ils étaient pendus ou brûlés sur la place publique.

Gaspar se rendit compte que les quelques centimes qu'il avait cumulés dans son chapeau pour avoir chanté devant les belles et riches femmes de la ville provenaient fort probablement de l'argent sale des collecteurs d'impôts insensibles.

Il ne lui est jamais venu à l'esprit auparavant de prendre un regard honnête sur ce qui se passait autour de lui. Gaspar vivait avec ses parents qui étaient à l'aise financièrement. Il ressentit de terribles remords et regretta amèrement le fait d'avoir pris cet argent en récompense pour ses chansons et ses performances sur le marché public.

La signification du nombre 666

Thomas, Gaspar et maintenant un Albert devenu plus jeune, devinrent de très bons amis. Ils se voyaient quotidiennement, même si c'était pour quelques minutes. Ils avaient conclu cet accord pour s'assurer que tout allait bien.

Ils s'amusèrent avec les nouveaux appareils et dispositifs à l'intérieur de la maison de Thomas. Tous ces bâtons lumineux, la nourriture qui était toujours abondante, apparaissant de nulle part et qui était si délicieuse. C'était vraiment excitant de découvrir ce que ce comptoir en céramique noir facilitait la tâche pour faire bouillir de l'eau et cuire les aliments. Ces nouveaux outils les tenaient toujours captivés.

Ils avaient leur propre rituel. Si le temps le permettait, ils marchaient ensemble en utilisant les bâtons lumineux à travers la petite ruelle pavée de pierres aplaties, et se retrouvaient dans la prairie où Thomas avait rencontré Belzébuth pour la première fois.

C'était l'endroit préféré de Thomas, car c'était assez loin de la ville et personne ne pouvait les repérer facilement. C'était une très longue marche pour arriver à cette prairie isolée. La première fois qu'ils s'y rendirent, Thomas, tenant fièrement son bâton lumineux, décrit en détail à ses amis ce qu'il avait vu lors de cette soirée tellement inoubliable. Sans aucun doute, elle resterait gravée à jamais dans sa mémoire.

C'est ce lieu où Thomas apportait le livre à chaque rencontre et qui leur révéla plus d'informations sur le Nouveau Monde dans lequel la Terre se transformerait. Tout semblait si prometteur et encourageant pour eux.

Un soir, alors qu'ils étaient assis sur des rochers et partageaient leurs réflexions sur les innombrables possibilités de ce Nouveau monde, Belzébuth fit son entrée. La lumière émanant de son corps était intense et obligea les trois hommes à couvrir leurs yeux.

C'était la première fois qu'Albert et Gaspar étaient témoins de cette apparition si imposante. Le majestueux et puissant Belzébuth battait lentement de ses immenses ailes noires jusqu'à ce qu'il atteigne le sol. Seul Thomas pouvait savoir qui descendait du ciel puisqu'il reconnut le son émis par ses ailes gigantesques.

Les trois hommes étaient aveuglés par cette puissante lumière que Belzébuth créa. Puis elle s'évinça lentement.

– Messieurs, n'est-ce pas une belle soirée ? dit Belzébuth.

Gaspar et Albert ont d'abord été surpris, mais devinrent très excités quand ils le reconnurent. C'était la première fois que les trois hommes se trouvaient ensemble en sa présence.

La lumière disparut, il leur dit que la recherche de personnes supplémentaires n'était plus nécessaire. Qu'eux seuls suffisaient pour mener à bien ce qui devait être fait.

C'était très surprenant pour Thomas, puisqu'il avait trois autres de ses amis alchimistes à qui il avait l'intention de présenter le livre.

– Comment se fait-il que nous n'ayons pas besoin d'être plus nombreux pour la tâche ? Nous n'avons pas encore trouvé un moyen, mais nous croyions faire mieux, pour atteindre notre but plus rapidement avec davantage de personnes.

En tenant la chaine qu'il avait sur son cou, Belzébuth décrit ce qui avait toujours été présenté comme étant le nombre de la Bête.

– Vous voyez ces chiffres ? dit Belzébuth.

– Chacun d'entre eux, (les trois 6) vous représente. Vous êtes les seuls qui ont survécu et ont surnagé aux insultes et à la honte de toutes ces informations si risibles dont de nombreuses générations ont été imprégnées. Vous êtes les seules exceptions existantes pour le moment sur cette planète. Il n'y en a que trois et c'est vous.

Belzébuth les invita ensuite à marcher vers la prairie isolée. Son navire spatial se révéla lentement et silencieusement, entouré d'une brume blanche qui s'élevait lentement du sol.

– Rejoignez-moi, dit-il.

Lorsqu'ils l'approchèrent de plus près, une porte s'ouvrit et ils virent une plate-forme descendre au sol.

Ils le suivirent à l'intérieur et Belzébuth les invita à s'asseoir. L'apparence de Belzébuth changea et il devint comme Thomas l'avait vu la première fois lorsqu'il était entré dans le navire spatial. Ses grandes ailes noires se replièrent sur son dos et il portait un pantalon de cuir noir.

Sa lourde chaine de platine exposait le nombre 666 qui venait tout juste de prendre un nouveau sens. La chaine et les chiffres se désintégrèrent totalement de son cou. Les trois hommes virent les marques de brûlure que la chaine avait laissées sur sa poitrine et autour de son cou. Ils grimacèrent à l'idée de ce que cette douleur avait pu engendrer sur sa peau.

— Ne vous inquiétez pas, ça ne me fait pas de mal, dit Belzébuth. Je n'ai jamais expérimenté ce qu'est la douleur ou l'une de ces sensations négatives physiques qui s'imposent sur vous depuis le début de la création de votre corps imparfait que vous habitez encore.

Il aurait été tellement plus simple que ce corps devienne plus performant si vous aviez ajouté des gènes parfaits. Bon, je crois que c'est trop avancé pour vous pour comprendre comment vous auriez pu faire ces modifications tout au début de votre développement.

Vos civilisations étaient tellement impliquées dans ces croyances, à se poser des questions tellement insignifiantes, que vous avez échoué à profiter de l'occasion qui s'est présentée plus d'une fois tout au long de l'histoire de votre planète. Ce qui aurait, d'une façon extraordinaire, amélioré ces physiques imparfaits. Mais maintenant, vous y arrivez beaucoup plus vite.

À l'heure actuelle, je vous donne l'impression de ce que je suis, pour que ce soit plus tolérable et acceptable pour vous. Je n'ai pas cette apparence dans une autre réalité. Un jour, quand vous serez disposés et prêts à voir cette réalité, vous me verrez émerger comme je suis réellement. Pour l'instant, ce n'est pas nécessaire que vous voyiez cela.

Ils étaient assis là, regardant Belzébuth se demandant quelle était sa véritable apparence. Thomas, Gaspar et Albert avaient enfin la divulgation de ce que le nombre 666 signifiait vraiment, soit la représentation de chacun d'eux.

Belzébuth se leva, se dirigea vers les trois hommes et pressa son pouce sur chacun de leur front alors qu'ils ne s'attendaient pas du tout à son geste. Il fit la même chose que ce qu'il avait fait sur la couverture arrière du livre, y laissant son empreinte.

L'inexistence des restrictions de frontières

Après avoir répété la pression de son pouce sur chacun des fronts des hommes, Belzébuth les assura qu'ils avaient maintenant une nouvelle capacité.

– Alors que ma chaine et les trois numéros ont disparu, ils vous étaient prédestinés et se retrouvent à l'intérieur de vos têtes, entre vos yeux. Ce lien universel vous permettra de communiquer avec moi partout où je serai à tout moment.

J'ai harmonisé les impulsions dont ils émanent de telle manière qu'il est impossible qu'une interférence gâche notre communication. J'ai également le plaisir de vous dire que vous serez également en mesure d'utiliser ce lien entre vous trois.

Ils étaient tous bouche bée, ne comprenant pas ces nouveaux termes qu'il appelait lien, impulsions, interférences et harmonisation. Tous trois partagèrent la même réaction spontanée et levèrent leurs mains pour tâter le dessus de leur nez. Il n'y avait pas la marque profonde qu'ils s'attendaient à toucher. Ils obtinrent une mutation indolore.

Ils pouvaient maintenant, à volonté, communiquer les uns avec les autres. Ils possédaient maintenant un pouvoir et des facultés extraordinaires.

En outre, Belzébuth leur dit qu'ils étaient non seulement en mesure de communiquer librement entre eux, mais qu'ils étaient, désormais, dans un état constant de relaxation profonde, tant spirituellement que physiquement et que leur corps ne vieillirait plus.

Les restrictions des frontières n'existant plus, cela leur ouvrit un Nouveau Monde. Ils allaient bientôt découvrir le vrai potentiel de ce qu'était ce nouveau type de communication.

– Intéressant, n'est-ce pas ? leur dit Belzébuth en souriant. J'ai encore une chose à vous dire. Même si vous avez cette perception qui va se développer à mesure de vos besoins, je dois vous informer que vous allez devenir plus conscients de votre environnement, ce qui parfois pourra vous surprendre pendant un certain temps.

Plus vous utiliserez cette nouvelle perception, plus vous serez capables de percevoir ce que quelqu'un pense et dit, même s'il est éloigné de vous. C'est quelque chose dont vous devrez vous habituer. Je suis sûr que vous allez trouver cela intéressant.

Belzébuth s'est contenté de leur dire ce qu'il estimait leur être essentiel de savoir pour l'instant. C'était maintenant à Thomas, Gaspar et Albert de découvrir leur nouvelle perception à leur propre rythme. Les occasions se présenteraient individuellement pour chacun d'eux.

Belzébuth aurait pu leur en dire davantage, mais il ne voulait pas aller au-delà de leur niveau de compréhension, en leur donnant plus de données qu'ils ne pouvaient assimiler à ce moment-là. Les résultats auraient de graves conséquences : Thomas, Gaspar et Albert auraient graduellement perdu tout intérêt en raison de leur incapacité à comprendre.

Un désintérêt progressif de ce qui était actuellement intéressant pour eux aurait même pu se produire. Belzébuth, de son expérience, après avoir observé de nombreux états différents de progression des civilisations similaires à la Terre, connaissait les signes avant-coureurs qu'il avait à surveiller.

Belzébuth les invita à quitter le navire pour découvrir et se sensibiliser à leur nouvelle compétence. Il leur fit savoir que c'était loin d'être leur dernière surprise. Et qu'ils devaient s'attendre à bien d'autres choses et d'une très bonne façon.

Tout fascinés de leur nouvel état d'être, ils quittèrent le navire et le remercièrent.

– Vous n'avez pas besoin de me remercier. Nous provenons de la même source et nous sommes de la même Étoile. Vous n'appartenez pas à cet univers. Vous en saurez davantage bientôt.

Ils rebroussèrent leur chemin, quittèrent la prairie vers la petite ruelle se terminant à l'entrée de la ville. Une lueur bleue clair rayonnait au-dessus de leur chemin accompagné d'une faible pulsation.

Le navire spatial de Belzébuth disparut peu de temps après leur départ. Thomas, Gaspar et Albert n'avaient pas besoin de se retourner pour confirmer que c'était effectivement le cas.

Les alchimistes qui n'étaient pas invités

Les trois autres alchimistes n'étaient plus destinés à recevoir l'invitation de Thomas, comme Belzébuth l'avait indiqué.

Dans un sens, pour Thomas, c'était un soulagement, s'évitant ainsi toutes les terribles conséquences que le livre aurait déclenchées à l'instant où ils auraient tenté de l'ouvrir.

Thomas devait cependant leur donner une raison pour laquelle ils n'obtiendraient jamais l'invitation qu'ils s'attendaient d'avoir. Il devait leur faire comprendre qu'après tout, ce qu'il voulait leur révéler n'était pas ce qu'il s'attendait d'obtenir. Que cela n'avait pas de réelle signification. Il se devait, cependant, d'être très convaincant pour éviter toute suspicion à l'égard de ses activités secrètes.

Il retarda son message, espérant qu'avec le temps, ils oublieraient tout. À sa grande déception, les trois se présentèrent à l'improviste chez lui.

Gaspar et Albert dinaient avec Thomas, ils savouraient chaque bouchée de la nourriture qu'ils avaient préparée ensemble.

– Mais qui cela peut-il bien être ?

Je n'attends personne d'autre ce soir, se dit-il en se dirigeant à la petite fenêtre près de la porte pour découvrir qui c'était.

– Qui est-ce ? questionna Thomas.

– C'est nous, Paul, Mathieu et Marco. S'il vous plait Thomas, ouvrez-nous la porte.

Thomas reconnut qu'il avait fait une importante erreur en leur disant qu'il allait leur envoyer une invitation. Il n'aurait pas dû faire cela, mais il était trop tard. Il devait maintenant les affronter. Et il n'avait aucune idée du résultat de cette rencontre.

Avant que la porte soit ouverte, Albert se hâta de prendre le livre de la table pour le poser sur le lit dans la chambre de Thomas. Il lui donna ensuite le signal qu'il pouvait ouvrir la porte.

Thomas ouvrit la porte et les salua. Ils restèrent à l'entrée et tous les trois, furent surpris, en remarquant la présence de Gaspar et d'Albert. Se tenant à l'entrée, ils les regardaient comme s'ils soupçonnaient que Gaspar et Albert avaient reçu la révélation, car se dirent-ils en eux-mêmes, cela semblait évident qu'ils avaient reçu l'invitation.

Thomas les invita à venir s'asseoir à la table couverte de ce qui devint du pain sec et moisi et quelques fruits secs dans des assiettes en céramique craquées. Thomas leur demanda la raison pour laquelle ils étaient tous venus ensemble.

– Thomas, nous n'avons pas entendu parler de vous depuis si longtemps. Avez-vous eu la révélation que vous disiez être si importante ?

Mathieu lui posa cette question alors qu'il s'assit sur un des tabourets.

– Non, je ne l'ai pas eue, mon ami. Ce n'est pas ce à quoi je m'attendais. J'ai fini par échouer mon expérience d'alchimie et rien ne s'est avéré important. Je voulais vous en faire part dans les jours qui suivirent mon échec, mais j'ai complètement oublié de le faire. J'avoue que je n'étais pas très à l'aise. Et je trouvais la situation assez gênante pour vous l'avouer. Je vous présente toutes mes excuses.

Dans une tentative pour changer de sujet, Thomas leur offrit du thé.

Ils acceptèrent son offre tout en manifestant leur déception face à ce qu'il venait de leur dire. Cette mystérieuse révélation dite si prometteuse, qui les avait tous tellement intrigués ne verrait jamais la lumière du jour.

Gaspar et Albert observaient la transformation des belles tasses aux tasses en céramique galvaudée lorsque Thomas les donnait aux invités. Les chaises étaient là, mais les tabourets étaient sur quoi les invités étaient assis.

Ils discutèrent longuement sur plusieurs sujets reliés à leurs études d'alchimie et combien ils espéraient tous découvrir de nouvelles choses. Tout se passait bien.

Personne ne fit allusion à ce qui aurait pu donner des indices sur le livre ou sur quoi que ce soit d'autre. Les bougies brûlaient. Le son du bois crépitant dans le feu de la cheminée se fit entendre, tout était plus que normal. Ils aimèrent ces heures ensemble à discuter, car ils étaient de bons amis, se connaissant depuis de nombreuses années.

Thomas était désolé qu'ils ne puissent pas faire partie de ceux qui étaient dignes de confiance comme Gaspar et Albert.

Y avait-il quelque chose qu'il n'avait jamais perçu de ses amis ? se demanda-t-il.

Comme la nuit avançait, Thomas, Gaspar et Albert commencèrent à percevoir les pensées de Mathieu. Et pendant qu'il semblait être un ami très fiable, comme le pensait Thomas, il était loin d'être celui qu'il croyait connaitre. Gaspar et Albert étaient du même avis.

Mathieu était l'une des entités Ébrim – un ennemi de Belzébuth qui avait été choisi pour exécuter le travail dégoûtant de salir tout le monde en lui imposant un état d'oubli. Mathieu s'engagea activement dans la haine et fit partie de la propagande noire contre Belzébuth depuis son départ initial sur la Terre.

Albert, Gaspar et Thomas communiquaient par télépathie et échangeaient leurs idées sur ce qu'ils devaient faire pour que ces intrus quittent la maison.

C'était vraiment un test d'endurance pour Thomas, car il se devait de demeurer très cohérent dans ses réponses.

Comme il se faisait tard dans la soirée, il exprima une sensation de fatigue, espérant faire comprendre le sens de cet appel indirect de quitter sa maison.

Albert et Gaspar furent les premiers à partir. Ils espéraient qu'il n'y aurait pas de lumière rayonnante qui brillerait au-dessus d'eux. À leur grand soulagement, rien n'arriva. Les hiboux continuèrent de chanter leurs ulules. Ils en étaient très reconnaissants.

Ensuite, Mathieu, Marco et Paul hésitèrent à les suivre. Ils restèrent derrière, debout devant la porte.

– Thomas, vous ne nous avez pas menti, n'est-ce pas ? questionna Mathieu.

– Non pourquoi ?

– Pourquoi Gaspar et Albert étaient-ils à votre domicile ?

Thomas n'était pas surpris de son insistance sachant maintenant qui il était en réalité.

– Je les ai rencontrés sur le marché et puisque cela faisait très longtemps que je les avais vus, je les ai invités à prendre un repas chez moi comme vous avez pu l'observer. Il n'y a rien de plus que ça, dit Thomas d'un ton très convaincant.

Satisfaits de la réponse fournie puisqu'ils la jugèrent appropriée, ils quittèrent la maison de Thomas.

– Vous devez être très prudent face à eux, lui dit Belzébuth apparaissant derrière lui, à la seconde où il verrouilla sa porte.

– Qu'est-ce que vous voulez dire Belzébuth ? questionna Thomas.

Se tenant devant lui, toujours aussi majestueux, Belzébuth l'avertit que ces trois alchimistes étaient loin d'avoir terminé leur relation avec lui, Gaspar et Albert. Qu'il fallait utiliser davantage leurs nouvelles perceptions lors de leurs prochaines rencontres.

La genèse d'une nouvelle société

Selon les instructions de Belzébuth, ils se devaient d'avancer, afin que tous obtiennent l'information provenant du livre.

Il fallait le faire, peu importe les suspicions possibles des autorités ou de nouveaux ennemis que Thomas suspectait. Les trois alchimistes décidèrent de donner l'information d'une manière lente, mais sûre. Ils allaient débuter avec les gens en qui ils avaient le plus confiance. Ce serait leurs proches, parents et amis qui vivaient près d'eux dans leur ville.

La façon dont ils s'y prendraient, était de ne parler qu'à une seule personne à la fois, pour savoir si elle était suffisamment fiable pour obtenir l'information. Ils comptaient, qu'à partir de ce point, la portée de leurs actions pouvait s'accroître.

Ils feraient exactement ce qu'avait fait Thomas tout au début. Ils devaient parler à un très petit nombre de personnes à la fois. Ils garderaient leur méthode de communication, en utilisant les pigeons voyageurs jusqu'à ce que l'invitation soit envoyée.

Comme il y aurait un nombre croissant de personnes pour acquérir les informations, ils estimèrent qu'il serait plus sûr d'y parvenir en s'éloignant de la ville au lieu de faire les rencontres dans la maison de Thomas. Ils ne pouvaient pas se permettre d'exposer les membres de leur famille au danger.

La prairie était l'endroit idéal pour construire un abri pour dissimuler leurs rassemblements. Il y avait peu de gens qui connaissaient cette place. Thomas, Gaspar et Albert gardèrent ce secret.

Les contacts débutèrent très bien. Les trois alchimistes purs de cœur avaient affaire à des gens qui étaient dignes de confiance puisqu'ils leur disaient la vérité. Davantage de réalité était maintenant possible puisque chacun d'eux avait déjà profondément ressenti qu'ils existaient, bien avant leur vie actuelle, et qu'ils vivaient depuis très longtemps dans ce monde.

Quelque chose, cependant, restait non résolu. Ils devaient trouver une solution et construire un abri qui les protégerait d'une détection possible. Et qui les garderait en toute sécurité à l'intérieur, afin de poursuivre leur engagement.

Thomas décida de contacter Belzébuth pour obtenir ses conseils sur la façon dont cela pouvait être fait.

Sachant que les alchimistes étaient loin d'être compétents dans l'ingénierie ou dans la construction, il répondit à l'appel de Thomas alors qu'il était avec ses compagnons durant une soirée dans la prairie.

Le voyant descendre du ciel, de nuit, leur fit sentir combien ils étaient privilégiés d'assister à cette apparition si lumineuse tout autour d'eux avec le battement de ces ailes si puissantes.

– Je vois que vous êtes préoccupés par la façon dont vous pouvez être assez isolés pour protéger vos proches en matière de sécurité. Je peux comprendre ce que vous ressentez en me basant sur ce que j'ai récemment observé chez ces êtres corrompus.

Vous avez raison d'être inquiets. Quelque chose est en train de prendre de l'ampleur actuellement, réunissant des pouvoirs tout autour de vous qui pourraient mettre en péril la divulgation de la connaissance. En raison de la quantité croissante de personnes destinées à recevoir les informations, il sera impossible de le faire de votre maison sans attirer l'attention de curieux personnages.

Pour vous aider, il y a une entrée secrète sous la prairie. Tout est déjà en place pour vous. Avec une grande technologie et les dernières découvertes scientifiques qui sont restées là, sans jamais être détectées. Toute cette connaissance était à votre portée depuis des siècles, comme cela s'est répété tant de fois durant vos existences, tout devint éclipsé par l'ignorance et vous fut caché. Suivez-moi. Je vais vous montrer comment y avoir accès.

Sans hésitation, ils le suivirent, surpris et intensément curieux de savoir où se trouvait ce lieu et comment ils pourraient en faire usage.

Un lieu inconnu

Belzébuth leur indiqua que la position exacte de l'emplacement souterrain était à quelques degrés parallèles à ce qu'il appelait les pyramides de Gizeh. Ces pyramides égyptiennes n'étaient pas très bien connues par les gens de l'époque de Thomas.

L'angle de ces pyramides était cartographié dans un dispositif que Belzébuth fit apparaitre et qui lui illustra leur position exacte : 29° 58' 34 " Nord et 31° 7' 58" Est, sur la surface de la planète. Il s'agissait d'un calcul très avancé qu'ils scrutaient avec grand étonnement. Ils réalisèrent que leur planète était ronde et non aplatie.

Ils virent, pour la première fois, que la Terre n'était pas composée d'une surface horizontale où ils tomberaient dans un gouffre sans fond d'obscurité ayant atteint ses limites. Cette hypothèse sans fondement, qu'on leur avait dit, que la surface de la Terre était tenue en équilibre par une incroyable force, disparut immédiatement de leur esprit.

Belzébuth leur montrait la possibilité de voir la totalité de la surface de la planète sur laquelle ils vivaient. Cette nouvelle science incroyable leur donnait une cartographie précise et leur imagination commença à visualiser mentalement comment tout l'univers entier pouvait être mis sur carte, de la même façon que Belzébuth le leur montrait.

– C'est ici, dit-il en soulignant la position exacte de l'entrée maintenant calculée.

Aux trois des quatre limites de la prairie, se tenaient de très imposants chênes qui semblaient en être ses gardiens. Leurs troncs couverts de mousse verte et luxuriante. Leurs racines partiellement visibles.

Belzébuth termina sa marche en avant d'un chêne, le plus grand de tous, situé à l'extrême droite de la prairie. Un son strident se fit entendre quand Belzébuth tira ce qui semblait être une poignée fixée à une porte rouillée positionnée horizontalement et donnant accès à quelques marches.

— Cela fait un bon moment que quelqu'un a payé une visite à ce lieu, dit Belzébuth. Suivez-moi, je vais vous montrer où ces marches nous mènent.

Alors qu'il descendit sur la dernière marche, deux portes coulissantes de couleur argent s'ouvrirent dans des directions opposées. Au-dessus de celles-ci s'affichaient des signes rectangulaires que les trois hommes n'avaient pas de mots pour décrire, il y avait une douzaine de couleurs différentes.

— Alors, allons-y, invitant les trois hommes à entrer dans ce qui leur semblait être une boîte carrée.

Belzébuth les invita à prendre place sur des chaises rembourrées et très confortables. Il leur montra comment s'attacher en toute sécurité dans l'ascenseur pour ensuite se déplacer horizontalement vers la destination que Belzébuth avait programmée.

Il leur dit que cet endroit était très sécuritaire et qu'ils obtiendraient la protection qu'ils recherchaient.

La cité cachée

Tous assis dans cet ascenseur, une énorme fenêtre leur montrait à quelle vitesse ils se déplaçaient. Les sons se répétèrent en douces pulsions. Comme ils passaient chaque entrée, des éclairs de lumière s'émettaient juste en face d'eux. Malgré la vitesse, ils ne sentaient pas les effets désagréables de la forte gravité appliquée sur eux. Ils restèrent confortablement assis.

Les trois alchimistes estimèrent qu'ils voyageaient dans quelque chose d'énorme. À la vitesse à laquelle ils voyageaient, ils pouvaient facilement se déplacer à l'intérieur d'un corridor de milliers de kilomètres dans un très court laps de temps.

Ensuite, l'ascenseur ralentit et les portes coulissantes s'ouvrirent silencieusement. Ils détachèrent leur ceinture et sortirent pour entrer et découvrir une scène qui faisait qu'ils se sentaient complètement détachés de leur environnement habituel.

Ils se trouvaient sur un long pont très imposant, en suspension dans l'air. Rien ne tenait ce pont. Il flottait et se déplaçait doucement montant et descendant de lui-même, entouré par ce qui ressemblait à du brouillard.

Ils se tenaient aux rails, comme Belzébuth leur avait recommandé de faire. Le pont fit une grande révolution pour se rendre vers le milieu de la ville, tout en diminuant de taille.

Ils sortirent sur une cité déserte qui pouvait facilement avoir abrité plusieurs milliers de personnes. L'éclairage se composait de bâtons lumineux semblables à celui que Thomas portait avec lui.

L'une des propriétés du pont était de fournir des raccords à chacun des couloirs étroits qui se trouvaient dans les plus grands bâtiments. Chaque bâtiment était fait de la même matière, d'un cristal bleu, que les trois alchimistes avaient vu sur Sirius. La ville était entourée par des murs faits de calcaire et sa fondation était du même matériel.

Sans le savoir, ils se trouvaient à l'intérieur d'une pyramide. Ils descendirent lentement dans un couloir étroit vers un grand bâtiment. Belzébuth leur décrit ce qu'était cet endroit.

– C'est le meilleur endroit que vous pouvez avoir dans les circonstances actuelles, dit Belzébuth. Il est assez loin des visiteurs indésirables et nous sommes les seuls à savoir qu'il existe, mais je dois vous assurer que cet endroit n'est pas apparu de lui-même.

Il a été créé par des visiteurs célestes du passé, il y a longtemps de cela. Inconnu de nombreuses personnes vous incluant, beaucoup de pyramides existantes furent construites dans certaines parties de tous les continents de votre monde. Et elles sont encore à découvrir. Beaucoup d'entre elles ont des tailles et des dimensions différentes. Nous sommes actuellement à l'intérieur d'une qu'ils ont construite.

Les visiteurs sont venus et sont repartis. Ils tentèrent de garder un lien. Mais ceux-ci interprétèrent ce que les visiteurs avaient construit et ce qu'ils leur avaient appris comme étant de la provenance d'identités supérieures à la leur – celle provenant des dieux.

L'origine actuelle de cette pensée sur la planète d'où viennent toutes ces obsessions religieuses provient de la même source. Plusieurs pyramides existent aussi sur l'autre côté de la planète. La civilisation aztèque qui vous est encore inconnue, tout comme les Égyptiens, avaient des pyramides. Elles ont aussi été visités par un autre groupe à plusieurs reprises.

Ces visiteurs leur ont également donné des leçons sur la façon de lire les étoiles, ce qui est devenu plus tard la science de l'astronomie. En réalité, ces visiteurs surpassaient largement ce que les humains pouvaient réaliser au cours de ces ères. La technologie qu'ils utilisèrent à l'époque était très avancée.

Tout au long de votre histoire, elles étaient là, à votre disposition afin de guider l'homme plus loin au long de sa piste d'évolution et certaines d'entre elles sont encore à découvrir. Ces pyramides sont dispersées tout autour de votre planète.

Ai-je oublié de vous mentionner que Stonehenge est également la création de ces visiteurs célestes ? Vous avez également les écrits des plus mystiques provenant de l'est tels que le livre égyptien des morts et le livre des morts tibétain. Quelques-uns d'entre vous, de braves gens, ont essayé de diffuser l'information reçue.

Ce n'est pas une coïncidence que ces deux livres possèdent de grandes similitudes et portent sur le même sujet. Chacune de ces visites célestes a tenté de sensibiliser l'homme comme étant un être spirituel. C'est ainsi que l'aube de la création de dieux s'est levée. Après que ces visiteurs quittèrent la Terre, la population, en espérant leur retour, fit d'eux des dieux et commença à se prosterner devant eux.

Thomas, Gaspar et Albert étaient encore à l'âge d'utiliser des torches, des lanternes et des bougies alors qu'ils entrèrent dans un des bâtiments. Tout reflétait une technologie très avancée et tout était là à la disponibilité des humains qui eurent le privilège d'avoir vécu dans ces lieux au cours de cette période de temps. Toutes les sciences étaient là pour être apprises et utilisées afin de faire avancer l'évolution de l'homme.

Thomas réalisa qu'il y avait des choses semblables à ce que qu'il avait dans sa maison. Mais tout était beaucoup plus grand et dépassait complètement son imagination.

Ils reconnaissaient la preuve incontestable qu'il y avait eu plusieurs tentatives effectuées par plus d'un visiteur, afin de donner l'information.

La pyramide à laquelle ils avaient maintenant accès était devenue l'endroit idéal pour créer une partie de l'histoire humaine. Ils espéraient atteindre le succès. Thomas, Gaspar et Albert avaient les locaux sécurisés dont ils avaient besoin.

Belzébuth leur conseilla qu'il fût essentiel d'emmener peu de gens à la fois et de veiller à ce que les prochaines visites soient alternées à un jour différent de celui de la semaine précédente.

– Gardez toujours cela à l'esprit. Le plus irrégulier vous serez dans la planification de vos rencontres avec les élus, mieux ce sera pour vous et tout le monde.

La réfutation d'Anaya

Thomas et ses deux amis commencèrent le processus en invitant une personne à la fois pour qu'elle reçoive la connaissance du livre. Ils se rencontrèrent une fois par semaine dans la pyramide et le groupe s'élargissait lentement.

Plusieurs membres de la famille des trois alchimistes furent mis à l'épreuve et ils faisaient maintenant partie du groupe des purs de cœur. Ils furent très heureux et soulagés de ces résultats. C'était très encourageant pour eux. L'Étoile en provenance de l'Étoile pour éventuellement revenir à l'Étoile se concrétisait en elle-même dans la réalité.

Ils choisirent un édifice qui se trouvait en plein milieu de la ville dans la pyramide. Il était beaucoup plus petit que les autres, mais répondait à leurs besoins. Le premier étage de l'édifice contenait une salle ovale avec un très beau sol de calcaire. Tout ce qu'ils avaient mis dans la pièce était une table et une chaise. Rien d'autre n'était nécessaire.

Il y eut cependant quelques-uns des gens qui ne passèrent pas le test et le livre leur donna ses avertissements. Le tout premier personnage qui avait une conduite contraire à l'éthique était une jeune femme nommée Anaya pour laquelle Gaspar avait un grand penchant pour sa beauté. Il en était très amoureux.

Il estima qu'il la connaissait suffisamment pour qu'elle soit une pure de cœur. Il souhaitait ardemment qu'elle le fût, et que cela les mène à une relation à long terme, pour devenir éventuellement une heureuse union.

Il lui fut expliqué l'ensemble des résultats possibles, de la façon dont le livre allait réagir dès qu'elle l'approcherait, elle accepta de respecter les règles que Gaspar lui avait décrites.

Malheureusement, cela finit par ne pas être la fin positive qu'il espérait tant.

En s'assoyant à la table, elle montrait son enthousiasme et son excitation d'être choisie. Mais le livre lui donna immédiatement un avertissement et lui dit qu'elle n'était pas autorisée à l'ouvrir.

Elle se sentit insultée lorsqu'elle entendit le livre donner davantage d'avertissements. Gaspar ne pouvait pas croire ce que le livre était en train de divulguer à son propos.

Elle avait été avertie de toutes les possibilités. Et que, si le livre ne lui permettait pas d'y accéder, la seule chose qu'elle avait à faire, puisqu'elle avait déjà accepté de le faire, fût de se retirer de la table. Car c'était terminé pour elle.

Elle refusa d'accepter que la connaissance lui soit refusée. Elle était amoureuse de Gaspar. Elle savait que dans l'éventualité de ne pas être en mesure d'ouvrir le livre, Gaspar, qui lui avait en quelque sorte imposé cette condition préalable pour qu'elle devienne la dame heureuse, terminerait cette relation.

Elle n'avait jamais réfléchi sérieusement quant à la signification d'être autorisée à ouvrir ce livre. Tout ce qu'elle voulait de sa destinée était de devenir la femme de Gaspar. Et elle était prête à tout faire ce qu'il lui demandait pour atteindre son but ultime.

Le livre ne cessait de répéter qu'elle n'était pas autorisée à l'ouvrir. Gaspar, évidemment très déçu, la prit gentiment par les épaules invitant la dame en pleurs à se retirer de la table et du livre. Il perdit son emprise sur elle. Lorsqu'elle lui cria de lâcher prise, elle courut vers le livre pour l'ouvrir.

C'était la première fois que cela se produisait. Les avertissements qui lui avaient été donné étaient très clairs et le livre l'avertit de façon répétitive de ne pas exercer d'autres tentatives. Elle était évidemment très têtue puisque son but était de marier Gaspar.

Devant tous les gens présents, le livre présenta toutes ses transgressions dont elle était impliquée sur une base quotidienne. Elle était très bavarde et créatrice de ragots en ville. Et elle faisait toujours de son mieux pour cacher tout cela à Gaspar.

Des images de son ivresse secrète et des relations sexuelles avec un homme autre que Gaspar, et que tout le monde connaissait, apparurent sur un mur en face d'eux. C'est ce que le livre avait choisi comme étant le pire de tous ses méfaits et il les exposa afin que tous les voient.

Elle était la maitresse de l'un des puissants prêtres de l'église et cela, depuis de nombreuses années. Il possédait une source inépuisable de richesses et elle aimait le luxe. Il les lui fournissait en échange de faveurs sexuelles.

Elle lui avait dit qu'elle était amoureuse de lui afin d'obtenir des richesses qu'elle n'aurait jamais pu acquérir autrement. Elle ne l'avait jamais mentionné à Gaspar. Elle était sincèrement amoureuse de lui, mais partageait une vie cabalistique et immorale avec un autre homme.

Leurs réunions nocturnes se tenaient dans l'un des petits quartiers que le prêtre avait secrètement construit, dans un tunnel abandonné sous un jardin près de sa résidence. Elle ne s'était jamais fait prendre en flagrant délit ni même reconnaitre. Elle portait toujours une longue cape noire recouvrant son corps et sa tête. Elle devait ouvrir une porte et descendre quelques marches la menant à son lieu tenu secret.

Elle devint soudainement prise de panique et courut au livre avec l'intention de tout faire pour le détruire.

– Ce n'est pas vrai, je le jure ! Je ne ferais jamais ça ! Vous ! Sale morceau de peau de vache brûlée et insignifiante ! Vous n'êtes rien qu'on m'a dit que vous étiez.

Le livre s'est lui-même enveloppé d'un dôme transparent émettant des rayons d'argent qui tourbillonnaient tout autour de lui. Toute désespérée, elle exerça beaucoup de pression sur le dôme, lui donnant sans arrêt plusieurs coups de poing. Elle ne pouvait rien faire.

Elle continua de crier que tout cela était faux et qu'elle niait tout ce que le livre exposait à son sujet. Le livre réagit en lançant un film au même mur où elle était en présence du prêtre montrant leurs moments les plus intimes.

Elle devint complètement hors d'elle, sur la frange de devenir complètement folle. Ce prêtre était connu de tous et tous devinrent vraiment dégoûtés de ce que le livre venait de leur révéler.

Des cris et des larmes suivirent lorsqu'elle courut en direction de Gaspar, le suppliant de la croire. L'Anaya qu'il aimait tant ne lui était plus destinée. Elle continua à regarder les trois hommes les suppliant sans arrêt de façon hystérique.

— S'il vous plait, donnez-moi une autre chance !

Voyant que Gaspar ne pouvait pas lui accorder, elle courut à nouveau vers la table dans l'intention d'insérer sa main sous le dôme pour détruire le livre.

Les trois alchimistes coururent vers elle pour l'éloigner, quand tout d'un coup, un très fort éclat de lumière la frappa. Elle devint ce que personne n'aurait jamais pu prévoir.

La scène qui suivit était exactement ce que Belzébuth avait mentionné à Thomas, de ce qui pouvait arriver à quelqu'un à qui l'accès était refusé et qui s'entêtait. Les trois hommes s'arrêtèrent brusquement en voyant le monstre qu'elle était devenue.

Comme elle se détourna de la table à la recherche de Gaspar, elle n'était plus la belle et charmante dame en pleurs implorant Gaspar en tentant d'obtenir une autre chance.

Une forme ombreuse s'empara de son corps et elle prit l'apparence d'une méduse très hideuse. Son corps était tout recouvert d'une peau reptilienne, elle sortit de sa bouche une langue de serpent qui s'agitait incessamment. Et ses yeux mutèrent de la couleur brune au vert foncé.

Sa tête était couverte de serpents les plus venimeux que la Terre possédait dans son inventaire animal. Sa voix n'était plus celle qui faisait fondre le cœur de Gaspar chaque fois qu'il l'entendait. C'était la voix la plus stridente et la plus élevée qu'ils n'avaient jamais entendue. Albert estima que c'était la voix nécessaire qu'il aurait pu utiliser pour se débarrasser de rats indésirables qui déserteraient à la hâte une grange pleine de grains.

Ce serait très efficace, se dit-il.

Ce fut un événement des plus atroces. Elle se dirigea vers Gaspar et il ne voulait pas la laisser lui toucher. Il souleva son bras droit vers elle, lui indiquant de ne pas s'approcher plus près. C'était fini. Il n'y avait aucun moyen pour Gaspar de continuer sa relation avec elle. Elle fit une autre tentative de s'en approcher.

— Gaspar s'il vous plait, s'il vous plait, je vous dis la vérité, s'il vous plait ! Croyez-moi ! Donnez-moi une autre chance ! Je veux vous épouser !

Puis un très grand objet, de ce qui pouvait ressembler à un grand miroir, fit son apparition entre elle et Gaspar l'empêchant de s'approcher de lui. Quand elle vit son reflet, ses cris devinrent intolérables. Elle était évidemment terrifiée en voyant ce qu'elle était devenue.

– C'est fini pour vous et moi. Je suis dégoûté de ce que je viens de voir. Dites-moi la vérité Anaya ! Est-ce vraiment la vérité ? demanda Gaspar.

– Non ! Je ne peux pas !

Lorsqu'elle lui dit, une forme ombragée la quitta brièvement puis revint dans son corps.

Personne ne pouvait prévoir ce qui lui était arrivé. Les trois alchimistes n'avaient aucune idée si elle allait demeurer le monstre qu'elle était devenue, ou si elle pouvait revenir à son aspect original. C'était, après tout, la première fois qu'ils voyaient la conséquence de l'entêtement à ne pas suivre les consignes, comme Belzébuth l'avait expliqué à Thomas.

Elle continua à crier et devenait de plus en plus chimérique. Elle commença à jurer sur eux, les insulter et leur dit qu'ils paieraient tous pour l'avoir obligée à subir une telle indignation. Elle leur dit que la vengeance allait suivre dès qu'elle serait hors du site. Elle était devenue quelqu'un d'autre, pensa Gaspar. Il n'avait jamais vu cette expression de folie.

– Pas si vite, jeune dame !

Après l'inexplicable explosion des fragments de miroir, Belzébuth venait d'apparaitre.

L'amour de sa vie

Le monstre qu'était devenu Anaya fut la seule personne surprise de voir le très impressionnant Belzébuth faire son entrée. Sa peau écailleuse et sa langue vacillaient très rapidement quand elle réalisa qui il était. Elle semblait être dans un mode défensif. Sa nervosité se dégageait de tout son corps.

Le chagrin pouvait se lire sur tout le visage de Gaspar. Il l'aimait tellement, mais leur union ne pouvait plus se réaliser. Il ne pouvait cependant pas comprendre comment il se pouvait qu'elle puisse être à la fois une personne qu'il crût fermement être une pure de cœur et être en même temps une débauchée.

Belzébuth fixa son regard sur elle pendant un moment et se présenta.

– Je suis Belzébuth de Sirius. Jeune femme, en plus de votre incapacité à accéder au livre, vous êtes en train de faire du chantage à ceux qui vous ont choisie et vous ont donné cette chance.

Comment se fait-il que les êtres humains comme vous, qui n'obtiennent pas ce qu'ils veulent, deviennent les ennemis de ceux qui les croient dignes de confiance ? Comment pouvez-vous affirmer que vous aimez cet homme, montrant Gaspar, et qu'en même temps vous souhaitez vivement son malheur ? Expliquez-moi cela.

– Je ne sais pas comment l'expliquer, murmura sa véritable voix, alors que cette forme ombreuse quittait son corps.

Elle était évidemment terrifiée et épuisée d'avoir utilisé toute son énergie pour lutter contre la malédiction du livre et de vouloir regagner la confiance de Gaspar.

Belzébuth se dirigea vers la femme tremblante et mit son pouce entre ses deux yeux. La peau de reptile changea de couleur du vert au brun clair se retirant rapidement de son corps, tomba sur le sol, mince, et sécha.

Anaya était de retour à elle-même, révélant sa beauté et sa vulnérabilité devant Belzébuth et les trois hommes. Son enveloppe extérieure semblait maintenant enchanteresse. Très convaincante, on ne pouvait croire qu'elle était cette véritable personne.

Gaspar ne put résister et courut vers elle pour la prendre dans ses bras. Ils pleuraient tous les deux et exprimaient leur chagrin à propos de cette cruelle séparation qu'ils souhaitaient ne jamais connaitre. Ils ne pouvaient pas se séparer l'un de l'autre.

— Je regrette ce que j'ai fait Gaspar. Je suis une imbécile dégoûtante. Pouvez-vous me pardonner ? dit une Anaya repentante.

— Nous pouvons faire quelque chose pour changer le cours de notre destin Anaya. Nous pouvons le faire ensemble, pleura Gaspar. Je vous aime !

Thomas et Albert devenaient les témoins d'une scène où deux amants ne voulaient pas se quitter. C'était très émouvant pour chacun d'eux. Cependant, Belzébuth n'était pas convaincu que c'était la voie à choisir pour le moment. Anaya démontra un grain de remords, mais elle devait d'abord prouver qu'elle pouvait regagner la confiance qu'elle avait perdue.

Belzébuth perçut, lorsqu'elle était encore dans les bras de Gaspar, qu'une forme ombragée bougea à nouveau rapidement sur et dans son corps.

— GASPAR, ÉLOIGNEZ-VOUS D'ELLE !

Gaspar fut très surpris de cette soudaine demande imposée par Belzébuth. Il ne pouvait pas comprendre pourquoi Belzébuth avait pris un ton si autoritaire. Tout en s'éloignant d'Anaya, il ne quitta pas Belzébuth des yeux, n'ayant aucune idée de ce qui pouvait arriver ou ce qu'il s'apprêtait à lui dire. Elle était vraiment l'objectif qu'il ciblait. Il voulait la mettre au défi en ce qui concerne sa sincérité qu'il trouvait, jusqu'ici, peu impressionnante.

— Ce type d'émotion totalement exagérée, que vous exprimez si bien vous les humains, se déclenche toujours parce que c'est une défense finement cryptée en vous, se manifestant automatiquement lorsque vous vous sentez impuissants devant les occurrences que vous n'acceptez pas.

Cette émotion est là pour une bonne raison. C'est l'amortisseur qui s'active, étant votre dernier recours dans une tentative de prendre le dessus. Vous espérez résoudre les problèmes menaçant votre survie, même si elle pourrait devenir quelque chose de positif pour vous.

Parfois, cette émotion glisse également dans la négativité. Cela dépend toujours de l'événement. Mais le problème est qu'elle ne correspond aucunement à l'émotion d'analyse que vous devriez avoir dans les circonstances actuelles. C'est ce que j'observe en ce moment.

Beaucoup d'entre vous tout au long de l'histoire de la Terre ont utilisé ce mécanisme de défense, mais il n'a jamais abouti à ce que vous pouvez appeler une fin heureuse. C'est complètement apocryphe.

Cherchant à attirer l'attention de Gaspar, Belzébuth lui dit que quelque chose pourrait être fait en ce qui concerne leur union. Mais qu'elle aurait d'abord à le prouver, hors de tout doute, avant de pouvoir obtenir une seconde chance. Tous les deux devaient atteindre un état d'esprit au-dessus de ce qu'ils venaient d'exprimer si passionnément. Il y avait une option positive qu'elle pourrait choisir volontairement.

Puis, la regardant, il lui exprima sa façon de penser en lui disant directement ce qu'il pensait de son comportement.

– Jeune fille, je dois vous dire que je n'ai guère confiance en vous. Pourquoi ? Pourriez-vous vous demander. C'est parce que vous n'avez pas réussi à atteindre cette maturité pour contrôler votre conscience. De toute évidence, vous n'avez pas fait les efforts nécessaires pour changer votre situation et vous retirer de vos dépendances.

Vous avez toujours choisi délibérément ce que je peux appeler une tendance à long terme, encourageant ce comportement pas très optimal qu'est le vôtre. Ce n'est qu'au moment où vous avez rencontré Gaspar que vous avez réalisé que quelque chose pouvait influencer le cours de votre vie.

Mais ça n'a pas duré longtemps. Vous avez continué à rencontrer cet homme, même si vous saviez en dedans de vous-même que c'était immoral. Votre égoïsme et votre cupidité ajoutés à votre ambition à devenir de plus en plus riche ont submergé le peu d'intégrité que vous possédiez.

Vous vous accrochez tant bien que mal au-dessus d'un abime sans fond. Cette situation est si délicate que je dirais que vous êtes là, suspendue par une ficelle très fine à laquelle vous ne pourrez tenir encore longtemps si vous ne prenez pas des mesures concrètes pour vous en sortir. Votre chance de réussir est encore possible, mais il faut me prouver que vous le méritez. Gaspar est un pur de cœur. Il l'a prouvé puisqu'il a ouvert le livre.

Gaspar, vous souvenez-vous quand je vous ai demandé de ne pas précipiter les choses. Ceci est un autre avertissement. Si elle ne fait aucun effort pour redevenir saine d'esprit, vous pourriez contracter l'infection qu'elle a de la tête aux pieds. Il est préférable pour vous de garder vos distances jusqu'à ce qu'elle prenne des mesures honnêtes afin de gagner la confiance du livre. Ce sera loin d'être le genre de vie dont elle jouit artificiellement.

Belzébuth invita Gaspar, Thomas et Albert à quitter les lieux. Il voulait demeurer seul avec Anaya. Il savait qu'elle n'était plus l'Anaya des quelques minutes précédentes et devait faire face à ce brusque changement d'identité, mais sans eux.

Thomas saisit le livre de la table et ils prirent l'ascenseur, ne sachant pas ce qu'il adviendrait d'Anaya. Ils quittèrent les lieux et tout au cours de leur marche sur la petite ruelle, Gaspar était inconsolable.

Albert et Thomas exprimèrent leur inquiétude à propos de la faiblesse d'Anaya comme Belzébuth l'avait décrite. Ils espéraient également qu'elle devienne apte à résoudre sa situation positivement.

La folie d'Ébrim

Anaya regardait silencieusement Belzébuth. Elle estimait qu'il était sans doute le meilleur choix pour lui donner satisfaction. Elle commençait à s'imaginer qu'il pourrait lui donner ce qui est bien au-delà des satisfactions limitées de la Terre.

Elle se sentait physiquement attirée vers lui. Elle avait du mal à contrôler cette envie, ce désir brûlait dans ses veines. Alors que Belzébuth savait ce qui se passait, lui affirmant ce qu'il pensait précisément de son état actuel, elle commença à enlever sa robe longue et se tint devant lui complètement nue. Elle était devenue le diable qui voulait tenter le diable que Belzébuth n'était pas.

Belzébuth savait combien elle était trompeuse. Il comprit que son échelon émotionnel primitif était profondément enraciné. Elle était le genre de personne toute souriante, donnant un accueil chaleureux tout en gardant une prise ferme sur le couteau derrière son dos, prête à frapper et blesser à la première occasion.

Elle tenta de le séduire du mieux qu'elle put le faire, mais elle échoua.

— Arrêtez votre danse tribale et rhabillez-vous !

Elle se sentit très insultée et furieuse de ce qu'il venait juste de lui dire. Personne n'avait résisté à son charme et sa beauté.

— Ébrim, vous êtes tellement hypocrite. Vous avez essayé de tromper tout le monde en leur faisant croire que vous étiez Anaya. Vous êtes un loser. J'ai épargné Gaspar et les deux autres alchimistes de cette manigance dont vous aimez tant vous servir.

Belzébuth estima que ç'aurait été certainement trop pour eux de comprendre tout cela.

– C'est quelque chose qui va se régler entre vous et moi. Gaspar mérite la réelle Anaya et non pas l'un de ces monstres que vous êtes. Je crois qu'Anaya est devenue une victime de votre esprit perverti. Vous avez fait assez de mal ici et je ne vais pas vous permettre de vous approcher d'eux. J'espère que vous comprenez ce que je veux dire. Où est Anaya ?

– Elle est toute flottante dans les airs, ne réalisant toujours pas ce qui l'a frappée. Elle ne peut plus trouver son corps, la pauvre est perdue. J'ai profité de sa faiblesse pour prendre possession de son corps.

J'ai aussi pris un peu de repos de son corps, lui donnant la chance de profiter de la compagnie de votre ami. C'est si charmant de les voir ensemble.

Belzébuth, je raffole vraiment du plaisir corporel que son corps me procure. Comment pourrais-je m'empêcher de jouir du meilleur sexe jamais obtenu avec un prêtre ? Il est très performant dans ce domaine et m'aide à profiter du luxe qu'il m'offre, pour convaincre plus de personnes à se joindre à mes rangs. Il améliore tellement mon plaisir à la pensée qu'il rompt davantage son serment de foi chaque fois que nous nous rencontrons.

– Vous êtes une bave des plus dégoûtantes.

– C'est une des choses dont je jouis, tout en mobilisant mes amis pour une victoire rapide et facile sur votre deuxième tentative de ce que vous appelez, aider les gens. Vraiment Belzébuth ! À côté de quelques exceptions, personne d'autre n'éprouve le besoin ou le désir d'obtenir les informations du livre.

J'étais si près de voir ce qu'il contenait. Vous avez gagné cette fois, mais je vous préviens que beaucoup de choses s'ensuivront. Et lors de cette prochaine fois, le livre sera scellé et étiqueté comme un livre interdit éloigné de tous. Et vous, ainsi que tout le monde souffriront en raison de votre défaite.

– Vous pouvez toujours en rêver Ébrim. Ce ne sera pas le cas cette fois-ci et plus jamais ça ne se reproduira.

Il s'ensuivit de cette discussion, une guerre de pensées et de puissance de leurs intentions. C'était le test pour savoir qui pouvait dominer l'autre et en sortir victorieux. Leurs pensées volaient à une vitesse fulgurante se matérialisant en flèches enflammées en va-et-vient entre les deux êtres.

Ébrim reconnut enfin sa défaite puis disparut.

— C'est 1-0 pour vous Belzébuth, mais juste pour cette fois-ci. Je vous le promets.

Belzébuth se lança à la recherche d'Anaya avant qu'Ébrim ait la possibilité de lui remettre son corps.

Le sombre destin d'Anaya

Depuis un passé très lointain, la belle Anaya devint l'une des victimes de ce que Belzébuth appelait les méduses sans cervelle, qui se dédiaient à troubler l'ordre et à perpétrer des dommages à travers le cosmos.

Bien que ce ne soit pas dans sa vie présente qu'elle fut frappée par cette émergence de son comportement et terriblement influencée par celui-ci, l'implant infligé ne s'était pas activé avant qu'elle ne quitte, à plusieurs reprises, ses corps devenus âgés, tout au cours de ses vies.

C'est après dix de ces vies que l'implant s'anima et commença à l'influencer négativement. Elle devint l'une des victimes endoctrinées par un Ébrim. Tout cela fut imposé contre son gré et sa conscience. Elle n'était pas consciente de la façon dont elle en serait influencée lors de l'acquisition de ce nouveau corps qu'elle avait choisi.

La raison pour laquelle ils avaient réussi à forcer cet état d'être à son insu, c'est qu'elle avait, comme Belzébuth lui dit, une conscience faible. Elle était devenue facile à dominer.

Elle n'avait aucun moyen de se souvenir de toutes les circonstances où cet Ébrim s'imposa sur elle et prit possession de son corps à volonté. Chaque fois qu'elle reprenait possession de son corps après qu'il l'emprunte, l'Ébrim s'assurait que tout ce qui s'était passé fut automatiquement obscurci de son esprit.

Belzébuth la trouva. Elle flottait au-dessus du jardin du prêtre. Elle ne pouvait pas quitter la zone. Elle sentait qu'il y avait quelque chose d'invisible tout autour d'elle qui l'empêchait de s'en échapper.

Elle était traumatisée à l'idée d'avoir perdu son corps et regardait tout autour, ayant des perceptions illimitées de son environnement et tout ce qu'il contenait. Alors que celles-ci la placèrent dans un état d'être impressionnant, elle ne pouvait pas expliquer ce nouvel état d'existence.

— Anaya, n'ayez pas peur. Je suis ici pour vous protéger. Je sais ce qui s'est passé et je vais vous aider à vous débarrasser de celui qui vous influence dans la réalisation de ces actions indécentes dont vous n'êtes pas consciente de commettre.

— Belzébuth – où est mon corps ? Je ne me souviens pas où il est et je ne peux pas bouger de ce linceul. Que m'est-il arrivé ?

Anaya était plus que dépassée par l'événement.

— Il vous faut attendre. Je vous expliquerai plus tard. Dès que vous sentirez une présence autre que la mienne, ne mentionnez rien à propos de moi ou laissez supposer que vous êtes seule. Est-ce que vous comprenez bien ce que je dis ?

— Oui, je comprends, lui dit-elle.

Coiffé d'une cape noire qui couvrait ses formes féminines, l'Ébrim montait les escaliers des quartiers où il venait de terminer ses débats sexuels avec le prêtre. Il ferma la porte derrière lui. Il était sur le point d'entrer dans l'enveloppe invisible dans laquelle Anaya flottait.

Belzébuth l'attrapa par le cou alors qu'il s'apprêtait à la mutation du corps d'Anaya.

— Vous voici de nouveau Ébrim, ravi de vous revoir ! dit Belzébuth de sa voix si impressionnante et puissante.

Lorsque Belzébuth se présenta devant lui, le corps d'Anaya se muta en méduse, laide une fois de plus. Il n'avait pas l'intention de donner à Belzébuth ce qu'il souhaitait lui arracher. Le monstre se débattait et le bousculait. Leurs pensées émettaient et s'échangeaient des flèches enflammées.

— C'est impossible Belzébuth, ça ne se produira pas, croyez-moi ! hurla ce dernier, devenu complètement psychotique à la pensée qu'il devenait de plus en plus faible dans ses tentatives de vaincre Belzébuth.

Il savait ce que Belzébuth cherchait. Il connaissait l'objet technologique utilisé par Ébrim afin de maintenir son accès au corps d'Anaya. Il devait l'extraire et le détruire.

114

– Où est-il Ébrim ? Éjectez-le ! Ou vous ferez face à quelque chose que vous ignorez que je suis capable de faire. Éjectez-le !

Belzébuth maintenait en permanence sa pression colossale autour du cou de l'Ébrim. Il savait qu'il devait se dépêcher car la transformation du corps Ébrim se transformait à nouveau en une méduse.

Il faisait tout pour empêcher l'extériorisation de l'implant numérique alors qu'il était encore dans le corps de la méduse. De cette façon, lorsque le corps d'Anaya réapparaitrait, Belzébuth ferait qu'Anaya le reprenne pour se libérer totalement de l'influence que cet Ébrim avait exercée sur elle depuis longtemps.

Après une très violente et longue bataille, l'Ébrim abandonna finalement l'objet numérique rond argenté qui émergeait de la surface de son front.

Belzébuth le prit et exerça une pression continue tout autour du cou de la méduse jusqu'à ce que le corps d'Anaya réapparaisse.

Comme il desserra son étreinte autour de son cou, il entra dans l'enceinte invisible avec son corps et Anaya le réintégra en un rien de temps. Entourée par des bâtons lumineux bleutés, elle descendit lentement vers le sol de la pyramide où, quelques instants auparavant, elle se tenait en présence d'un Ébrim et de Belzébuth.

Ayant repris connaissance dans son propre corps, elle vit au-dessus d'elle ce qui se passait. C'était la lutte herculéenne entre Belzébuth et l'Ébrim à l'intérieur de la pyramide.

Belzébuth plaça l'objet argenté entre ses deux mains. Et en émanant des rayons de lumière très puissants, il divisa l'objet qui éclata en petits fragments, jusqu'à ce qu'il soit complètement désintégré.

Le sommet de la pyramide s'ouvrit et Ébrim fut aspiré dans un tunnel tourbillonnant et obscur qui le fit disparaitre de la surface de la Terre. Il avait une apparence dont il ne serait jamais capable de se défaire : une des méduses sans cervelle, comme Belzébuth les appelait.

Il ne pouvait plus, désormais, s'approprier les corps qu'il avait influencés jusqu'à maintenant. Anaya n'en avait pas été la seule victime. Beaucoup d'autres furent aussi victimes de ses mauvais sorts imposés.

Prenant conscience de ce qui venait juste de lui arriver, Anaya vit pour la première fois, ce que cet Ébrim lui avait fait. Et elle vit Belzébuth s'approcher alors qu'il descendait dans la pièce de la pyramide où elle se trouvait.

Il lui expliqua qu'une technologie avait malheureusement très mal tourné. Elle était utilisée contre l'évolution de l'espèce humaine et elle avait très mal influencé le cours de l'histoire de la Terre.

Elle quitta Belzébuth, exprimant son soulagement et la joie qu'elle n'était plus l'entité dont l'Ébrim l'avait imprégnée. Elle courut à la maison de Gaspar pour tout lui dire.

Belzébuth devait localiser l'autre Ébrim qu'il soupçonnait de la même activité. Il était probablement toujours présent sur la Terre. Il savait que ces trois alchimistes qui se présentèrent sans invitation à la maison de Thomas ce soir-là, n'étaient pas des purs de cœur. Un était éliminé, deux autres devaient le devenir également.

Cette affaire était loin d'être terminée entre les Ébrim et Belzébuth.

Il devait localiser chacun d'eux et les livrer au même sort qu'il venait de donner à un de leur semblable. De cette façon, il garantissait que tous les êtres humains pouvaient avoir leur chance d'accéder au livre.

Le destin du livre n'était pas de devenir un livre interdit.

Le mystérieux cavalier

Anaya courut à travers la prairie et la petite ruelle en peu de temps. En atteignant l'entrée de la ville, elle s'arrêta pour reprendre son souffle.

Un homme se déplaçant à petits trots sur son cheval le long de la route, vit Anaya courir et descendre de la petite ruelle. Il lui demanda si elle allait bien et si elle avait besoin d'aide.

– Non, merci, je vais bien, lui répond-elle.

– Y a-t-il quelque chose qui s'est passé là-haut ?

– Non, je vous assure, il n'y a rien à craindre.

Ayant repris son souffle, elle s'empressa de courir vers la ville, à la maison de Gaspar.

L'homme se demandait pourquoi une si belle femme, étant seule, courait en provenance de cette petite ruelle dont il ne connaissait pas son existence. Il ignorait également qu'elle aboutissait dans une prairie totalement déserte.

Il vit que la femme ne semblait pas être blessée ni que quelque chose n'allait pas bien avec elle, mais il constata qu'elle était certainement très énergique puisqu'elle continuait à courir sans cesse vers la ville.

Il s'interrogea quand même sur ce qui pouvait être si intéressant à propos de la petite ruelle. Alors, il rebroussa chemin pour voir ce qui se passait là-haut. Il donna un coup de pied en douceur à son cheval et entra dans la petite ruelle en peu de temps.

Tout autour régnait le calme, à l'exception des oiseaux et quelques écureuils qu'il pouvait voir et entendre autour des gigantesques chênes qui dominaient les trois côtés de la prairie.

Arrivé à l'entrée de la prairie, il ne perçut rien d'inhabituel. La prairie était complètement déserte. Il décida d'y entrer. Il suivit de petites traces de chaussures dans la boue qui disparurent abruptement au pied du chêne le plus haut, sur le côté droit de la prairie.

Les traces étaient très petites et il supposa qu'il s'agissait des pieds de la femme qu'il venait de rencontrer. Il sonda la région en cherchant quelque chose entre les arbres, voir s'il y avait une possibilité pouvant le mener à une réponse éventuelle. Mais il n'y perçut rien quant à l'endroit d'où cette femme arrivait.

Il se promena lentement tout autour et finalement abandonna, puisque rien ne le lui indiqua une sortie ou une entrée d'aucune sorte. Il reprit son chemin menant à la ville.

À l'endroit où il avait vu la jeune femme, il y avait une broche de cheveux qui brillait sur le sol. Il s'arrêta pour la ramasser avec l'intention qu'un jour, il allait la retourner à sa propriétaire légitime.

Il ne faisait aucun doute qu'elle appartenait à la femme qu'il avait vue, puisqu'il se rappela qu'elle en avait plusieurs dans ses longs cheveux bruns bouclés.

L'amour qui ne voulait pas mourir

Gaspar était à la maison. Il ne s'attendait pas à ce que quiconque se présente chez lui pour le visiter ce soir-là. Ses parents étaient sortis pour la journée, en visite chez des amis hors de la ville.

Il était assis dans sa petite bibliothèque en essayant de fuir toutes ses pensées à propos d'Anaya, mais il en était incapable. Il se sentait toujours profondément amoureux d'elle et ne pouvait pas supporter l'intolérable douleur de ne pas pouvoir l'épouser.

Après avoir quitté Thomas et Albert la veille, il n'avait pas dormi et n'avait pas mangé. Ses parents l'interrogèrent sur ce qui se passait avec lui alors qu'il essayait de cacher les véritables signes de douleur sur son visage.

Ils essayèrent de savoir ce qui se passait, car il était inconsolable. Alors qu'il ne leur dit pas tout ce qui s'était exactement passé la nuit précédente, il leur confessa qu'Anaya avait un autre homme dans sa vie et qu'il devait abandonner son rêve de s'unir avec elle.

Ses parents quittèrent la maison pour visiter des amis dans la ville voisine et devaient revenir à la maison le lendemain. Cependant, avant de le quitter, ils voulurent s'assurer qu'ils pouvaient laisser Gaspard seul. Celui-ci les assura qu'il était reconnaissant de leur attention, mais qu'il profiterait de cette solitude, puisqu'il en ressentait le besoin.

Il ne pouvait toujours pas accepter cette fin dramatique. Et malgré le fait qu'elle ne soit pas celle qu'il croyait qu'elle était, il sentait profondément en-dedans de lui-même que quelque chose n'allait pas avec ce qui s'était passé dans la pyramide. Et même martelé de cette terrible douleur émotionnelle, il n'acceptait pas la tournure des événements.

Ressentant qu'il ne pouvait plus rester là à languir, il décida de sortir dans le jardin à l'arrière de la maison. Tout était beau, il y avait beaucoup de fleurs colorées tout épanouies.

Sa mère était une véritable artiste, si on se fie à tout l'assortiment de roses colorées, de tulipes et d'orchidées joliment arrangées entre les petits arbres et une petite allée qui donnait sur un belvédère de bois sculpté que son père avait construit.

Tout était paisible. Il marcha lentement vers celui-ci en sentant les fleurs le long de l'allée et finit par s'asseoir à l'intérieur du belvédère. Appuyant sa tête sur une des colonnes, il ferma les yeux et essaya de s'enfuir de ses pensées. Il avait le cœur brisé.

Anaya frappa à la porte de la maison de Gaspar. Il n'y avait pas de réponses. Elle frappa de nouveau plus fort à plusieurs fois, mais Gaspar ne pouvait pas l'entendre.

– Gaspar, Gaspar ! S'il vous plait, ouvrez la porte ! cria-t-elle.

Gaspar ouvrit lentement les yeux se demandant si c'était un rêve ou la réalité. Il entendait la voix d'Anaya.

– Gaspar ! Où êtes-vous ? Êtes-vous là ? C'est moi, Anaya ! Ouvrez la porte !

Il courut à travers la maison et ouvrit lentement la porte à demi. Elle était aussi séduisante, comme toujours. Le cœur de Gaspar battait à toute vitesse.

Se retenant de la prendre dans ses bras, il était profondément heureux de la voir. Mais il resta sur ses gardes et contrôla son envie de l'embrasser, avec l'idée qu'elle pourrait provoquer une blessure encore plus profonde. Il se rappela que Belzébuth l'avait averti d'une certaine vulnérabilité s'il s'exposait au contact de cette méduse.

Il avait été averti que cela pouvait l'entrainer dans un niveau émotionnel très négatif, influencé par la faiblesse inexplicable dont Anaya était affligée.

– Anaya ? Pourquoi êtes-vous ici ?

Il contemplait la femme qu'il ne pouvait pas cesser d'aimer. Ses cheveux bruns bouclés qui n'étaient pas élégamment arrangés comme d'habitude. C'était quelque chose qu'il n'avait jamais vu auparavant, mais il constata que c'était très charmant, ces broches dans ses cheveux, pêle-mêle tout autour de sa tête.

Sa robe était très plissée et ses chaussures étaient toutes couvertes de boue. Elle était encore à bout de souffle et le regardait obstinément, lui montrant sa détermination à lui imposer une conversation plus que cruciale.

– Je reviens de la pyramide. Je dois tout vous dire ce qui m'a été révélé par Belzébuth ! Êtes-vous seul ?

– Oui, mes parents sont hors de la ville pour la journée.

– S'il vous plait Gaspar ! Ouvrez-moi la porte et laissez-moi entrer !

Elle réussit à le convaincre. Elle sauta immédiatement sur lui sans hésitation et lui donna un baiser qu'il n'était pas près d'oublier.

Tenant ses bras en l'air et en état de déséquilibre, puisqu'il n'avait jamais prédit son geste. Et malgré les quelques secondes où il a grandement apprécié son baiser passionné qu'il aurait souhaité durer éternellement, il revint à ses sens et se retira d'elle.

– Êtes-vous ici pour me bouleverser encore plus que ce que vous avez déjà fait ? Comment puis-je vous faire confiance ? lui dit Gaspar en évitant de la regarder davantage et feignant qu'il tenait à défroisser sa chemise.

Pas tout à fait surprise de son geste, Anaya comprit pourquoi il était si réticent, mais en même temps, elle réalisait qu'elle devait regagner sa confiance.

Il avait clairement démontré qu'il n'avait pas confiance en elle. Alors que cela semblait loin d'être facile, son amour pour lui était si grand que ça ne pouvait pas échouer. Aussi, il allait sans doute la tester.

Elle se dirigea vers lui, saisit ses deux bras et lui dit :

– Écoutez, je sais ce qui s'est passé. Croyez-moi. Je ne suis pas ce que vous avez vu dans la pyramide. Quelqu'un s'est emparé de mon corps ! Je n'ai jamais été au courant de tout ça de toute ma vie ! S'il vous plait, donnez-moi la chance de tout vous expliquer, s'il vous plait Gaspar. Tout ce que je vous dis est la vérité !

Il se tint là, devant elle, les bras croisés sur sa poitrine révélant, sans aucun doute, le geste parfait pour lui indiquer qu'il n'allait pas céder. Il était beaucoup trop profondément blessé et n'avait aucunement l'intention de lui donner une autre chance qui l'encouragerait à le blesser davantage.

– Gaspar, c'est à cause de l'Ébrim !

Gaspar se tirait entre deux émotions : son amour pour cette

femme et en même temps sa méfiance douloureuse envers elle.

Il ferma la porte et l'invita à le suivre dans la bibliothèque. Le meilleur endroit pour lui, afin qu'elle divulgue ce qui s'était passé avec Belzébuth. Ils s'assirent l'un en face de l'autre. Elle lui expliqua tout, à propos de ces êtres étranges qui pouvaient s'approprier tous les corps d'humains qu'ils voulaient.

Ces appropriations condamnaient les personnes à pratiquer ces types de comportements, contraires à l'éthique. Tout leur était imposé contre leur volonté. Le pire, c'était que l'humain atteint par cette malédiction n'en était jamais conscient.

Elle lui dit qu'un dispositif numérique influent avait été implanté. Qu'elle était toujours liée à celui-ci depuis plusieurs vies. Et que cet objet était en attente de se déclencher au moment opportun où l'Ébrim décidait de le mettre en action et d'ainsi influencer sa vie. Elle n'était pas consciemment à l'origine de ce qu'il avait vu s'afficher au mur de la pyramide.

Gaspar était tout œil et oreille. Était-ce sensé être l'explication pour lui donner l'espoir ? Il venait de vivre un cauchemar qu'elle avait le pouvoir de dissoudre de son esprit. Il continua à la regarder silencieusement, et à l'écouter très attentivement.

Elle lui expliqua qu'elle vit ce que Belzébuth fit avant que l'Ébrim soit sur le point de lui redonner son corps, qu'elle flottait sans son corps à l'intérieur de ce qu'elle appela une enveloppe, dans laquelle il était impossible de s'y échapper. Elle était au-dessus du jardin que son supposé amant avait créé expressément pour leurs ébats sexuels.

C'est quand elle vit Belzébuth intervenir et détruire l'implant qui avait permis à l'Ébrim de s'emparer de son corps, toujours à son insu, qu'elle prit pleinement conscience, pour la première fois, de ce que l'Ébrim lui faisait subir.

Anaya lui dit tout de l'explication que Belzébuth lui avait donnée sur cette technologie qui avait vicieusement mal tourné et qui était utilisée contre l'évolution de l'humanité. Et combien celle-ci influença négativement le cours de l'histoire de la Terre.

Suivant cet événement des plus incroyables, Anaya s'était libérée de cette entité maléfique. Au grand plaisir de Gaspar, elle lui annonça qu'elle avait une autre chance d'acquérir les connaissances du livre. Elle espérait être pure de cœur comme lui.

La seule façon de confirmer qu'elle l'était, était de se rendre à la pyramide et de réussir à ouvrir le livre.

Gaspar avait très hâte, lui aussi, de voir si cette chance pouvait confirmer l'authenticité de ce qu'il avait toujours senti qu'elle était. Il y avait une autre chance pour leur avenir.

Gaspar prit ensuite deux petits morceaux de papier et griffonna un message puis envoya des invitations à Thomas et Albert pour leur faire savoir qu'ils avaient besoin de se réunir dès que possible à la pyramide. Il sortit deux pigeons voyageurs de leurs cages, puis attacha solidement les petites fioles sur leur dos, ouvrit la fenêtre pour qu'ils s'envolent.

– J'espère vraiment que ce que vous m'avez dit est vrai. Jusqu'à ce que vous ouvriez le livre, je ne peux cependant pas vous donner ma pleine confiance. J'espère que vous comprenez, Anaya.

– Je comprends.

Ses yeux devinrent terriblement larmoyants, montrant son chagrin. Elle était très triste d'entendre ce qu'il venait juste de lui dire, mais c'était le résultat de la grande déception de Gaspar.

C'était inévitable. Elle était encore prisonnière d'une condition que Gaspar lui imposait, pour encore un peu de temps. Jusqu'au moment où le livre lui permettrait de l'ouvrir. Elle avait hâte d'arriver à ce moment, ce qui lui permettrait de développer une plus grande conscience tout en devenant pure de cœur comme Gaspar l'espérait vivement pour elle.

Elle lui fit son au revoir lui indiquant qu'elle attendrait avec impatience sa réponse quant à la date de la rencontre à la pyramide.

Gaspar ouvrit la porte, la laissant partir. Elle marcha vers la rue et comme elle était à quelques mètres de lui, elle se retourna et lui sourit. D'un geste de sa main, elle le salua avant de continuer son chemin. Rien d'autre sur Terre ne pouvait lui faire autant plaisir que de la regarder.

En se retournant pour continuer son chemin, elle entendit l'une de ses broches à cheveux tomber sur le sol. Elle la ramassa et essaya de mettre de l'ordre dans ses cheveux, quand elle réalisa qu'il lui en manquait une. Elle se demanda un instant où elle pouvait l'avoir perdu. Elle regarda tout autour pour voir si elle se trouvait sur le sol près d'elle. Après avoir cherché pendant quelques minutes, et ne la trouvant pas, elle continua sa marche pour se diriger vers sa maison.

Gaspar l'observa à distance. Il n'y avait pas de lueur bleue rayonnante pour la guider. Il espérait la voir bientôt pour elle.

Les pigeons voyageurs revinrent plus tard dans la soirée. Les deux réponses étaient positives. Ils avaient conclu qu'ils se réuniraient dans deux jours puisqu'ils devaient respecter le calendrier des rencontres, comme Belzébuth l'avait mentionné.

Le son de la cloche de la place publique

L'infâme cloche de la place publique se fit entendre tôt le lendemain matin. Personne n'était au courant d'un événement spécial qui se tiendrait ce jour-là. À moins qu'une des autorités ait décidé de rendre publics leurs austères châtiments habituels.

La place publique était généralement utilisée pour des événements plus heureux. Répondant à la cloche, comme ils l'avaient toujours fait, les gens quittèrent leurs lieux de travail et leurs foyers pour s'enquérir de ce qui était sur le point d'être annoncé.

Les trois alchimistes ainsi que leurs connaissances, maintenant pures de cœur, rejoignirent la foule. Ils se tinrent quand même à l'écart les uns des autres pour éviter que des soupçons se développent à les voir ensemble. Car il se pourrait que ce soit perçu comme inhabituel.

Un porte-parole de l'autorité fit connaitre sa présence, la cloche à la main. Et il continua à la sonner jusqu'à ce qu'il vit que la majorité de la population se trouva devant lui. Satisfait par le nombre, il gravit les marches jusqu'au sommet de la plate-forme de bois. Il déroula son manuscrit afin de faire son annonce.

– Par la présente, comme approuvé par le Seigneur de notre ville, je fais cette annonce :

« Des rapports substantiels et crédibles sont venus à l'attention de notre Seigneur lui indiquant qu'il y a des gens dans notre ville qui sont soupçonnés de se livrer à l'augmentation de nouvelles activités que les présentes autorités qualifient d'illégales.

Entre autres, les événements de performance de musique, de danses et autres types de festivités autour de la place publique. Il y a de plus en plus de ces activités qui ne sont pas orientées vers l'amélioration de la société. Ces événements ne seront plus tenus. »

Les autorités n'étaient plus intéressées de voir les gens organiser des événements et des festivals. Les habitants de la ville étaient tous des gens qui travaillaient dur et qui avaient tous des liens très étroits. C'était au cours de ces occasions qu'ils pouvaient véritablement jouir de leurs contacts sociaux.

Certaines de ces activités leur permettaient de socialiser avec les gens qu'ils ne rencontraient que rarement. Ils ne pouvaient les rencontrer autrement. Il y avait aussi plusieurs kiosques, montrant les dernières avances faites par les alchimistes. Ces activités étaient très agréables pour toutes les familles et leurs enfants.

Ensuite, le deuxième point de l'annonce se fit entendre :

« Deuxièmement, par la volonté du Seigneur, l'accès à la petite ruelle pavée de pierres aplaties menant dans une prairie à l'extérieur de la ville sera bloquée et sous surveillance toute la journée et toute la nuit à partir d'aujourd'hui, empêchant quiconque d'utiliser cette route de son propre chef sans en être escorté par une personne autorisée.

La construction d'une église débutera demain dès l'aube dans la prairie. Bientôt, vous, gens de notre ville, serez sommés de faire un pèlerinage obligatoire qui se traduira, comme le Seigneur l'espère très vivement, par un témoignage de bonne volonté. Cela traduira la preuve de votre ferveur et l'allégeance à votre foi.

Je vous annonce par la présente qu'une partie des impôts que les gens ont si généreusement donnés au Seigneur de la ville sera utilisée pour construire cet édifice sacré.

Les deux lois que je viens d'annoncer sont, par la présente, activées. Il n'existe aucune option de les contester ou de les remettre en question. Comme vous le savez, ces lois prennent effet uniquement parce qu'elles résultent des votes de la majorité de notre autorité politique et religieuse. Et il n'existe aucun recours pour les annuler. »

Puis, le porte-parole descendit les marches et choisit l'une des clés de son énorme porte-clés. Il accéda à un tableau vitré appartenant aux autorités qui était utilisé pour laisser l'annonce qu'il venait de lire.

Il ouvrit la porte de verre et frappa les clous aux quatre coins du manuscrit, maintenant accessible pour ceux qui avaient le privilège de lire. Il y avait peu de gens qui savaient lire et écrire. Cela ouvrait certainement la possibilité à des interprétations erronées pour la majorité d'entre eux.

L'application des lois obtuses

Seuls quelques-uns parmi la population pouvaient comprendre l'importance de la loi qui venait d'être annoncée sur le fait d'empêcher les échanges sociaux.

La suppression de cette activité sociale naturelle, tant appréciée par la communauté, en échange d'un pèlerinage forcé que personne ne voulait adhérer, a fortement résonné, pour le groupe des purs de cœur. C'était un retour menaçant, semblable à ceux qu'ils avaient vus à plusieurs reprises au cours de leur évolution personnelle.

De plus, le fait de faire bloquer l'accès à la prairie signifiait une seule chose : quelqu'un était en train de travailler contre l'acquisition des connaissances qui permettraient de libérer tout le monde de ces impositions barbares.

Seuls les trois alchimistes avec leurs connaissances pouvaient désormais facilement échanger par télépathie sur l'ampleur de l'impact de ces nouvelles lois. Ils découvrirent tous en même temps qu'ils pouvaient utiliser ce don, même s'ils ne l'avaient pas beaucoup utilisé jusqu'à maintenant.

Ils n'avaient plus besoin d'utiliser les pigeons voyageurs. Gaspar était heureux de voir qu'il pouvait les laisser aller, les rendre libres pour rejoindre la multitude des autres pigeons qui faisaient partie du paysage familier de la ville.

Thomas invita Gaspar et Albert à son domicile, car ils avaient besoin de réfléchir ensemble sur la prochaine direction à prendre.

En approchant de la maison de Thomas, ils virent des traces de gouttes de sang sur le sol pour tristement finir sur les marches de sa maison. Ses six pigeons voyageurs avaient été tués avec des flèches qui avaient percé leurs corps fragiles.

Ils pouvaient comprendre combien d'incroyables efforts les pigeons avaient exercés pour atteindre les marches de sa maison avant de mourir à cet endroit, pour que Thomas sache ce qui s'était passé pour eux.

Les trois hommes ressentirent de plus en plus de dégoût pour une telle cruauté envers ces oiseaux. Cela leur donna des maux d'estomac. Thomas entra dans sa maison et revint avec un sac de jute et enleva soigneusement chacune des flèches de chacun des oiseaux morts. Puis il les mit délicatement dans le sac.

Il invita Albert et Gaspar à venir dans sa cour arrière où il voulait les enterrer dans le respect qu'ils méritaient, en échange de ce qu'ils avaient accompli pour eux.

Ils creusèrent de petits trous pour chacun d'eux et déposèrent gentiment leurs petits corps et les couvrirent de terre. Ils se tinrent en silence pendant un certain temps, parce qu'ils réalisèrent que sans ces oiseaux, leur rencontre n'aurait jamais été aussi facile qu'elle l'avait été. Ce n'était certainement pas une fin qu'ils désiraient pour eux.

Alors qu'ils étaient sur le point de retourner vers la maison, six colombes blanches aux ailes noires quittèrent le sol et s'envolèrent vers le ciel, laissant une trace brillante d'étoiles ascendantes dans une fine poussière blanche comme les étoiles filantes.

– Ils appartiennent et retournent à l'Étoile, dit Thomas.

Ils s'échangèrent un sourire suite à l'événement magique qui venait de se manifester devant eux. Ce dernier événement plus fortuné que le précédent, leur donna de la force. Cela les encouragea à persister vers un nouveau règne meilleur, et qui était si mystérieux avant que la connaissance du livre mystérieux puisse se concrétiser.

Était-ce que l'annonce de ces lois annoncées à la place publique leur était directement destinée ? Est-ce que la mort des pigeons voyageurs leur indiquait que quelqu'un était au courant de leurs réunions secrètes à la prairie ? Les pigeons étaient tous en vie avant l'annonce de ces lois.

Ils entrèrent dans la maison de Thomas pour discuter de ce qu'allait devenir leur prochaine étape. Anaya devait aussi se rendre à la pyramide. C'était l'endroit le plus sécuritaire qu'ils avaient à leur disposition.

Plus tard, au cours de la semaine, tandis que Thomas se rendit au marché pour faire ses courses, il fut informé que tous les pigeons voyageurs que le commerçant possédait, avaient tous été rassemblés et tués par des soldats de l'autorité.

Thomas demanda si cet homme était encore au marché. Quelqu'un lui dit qu'il était maintenant associé avec une femme qui vendait du matériel pour fabriquer des vêtements. Ils avaient réellement besoin d'avoir un revenu pour survivre. Le commerçant lui donnait un coup de main et ils pouvaient ainsi faire quelques ventes décentes à la suite de leurs efforts partagés.

Thomas le trouva en présence de la dame.

– Bonjour Monsieur, qu'est-ce qui est arrivé à vos pigeons ? Je suis venu voir si vous en aviez à me vendre ?

– Ils ont tué tous mes oiseaux, dit-il.

– Qui a tué vos oiseaux ?

– Ces soldats qui sont venus la semaine dernière, après les annonces à la place publique. Ils ne m'ont pas dit pourquoi. Ils les ont pris de leurs cages et les ont tués, l'un après l'autre. J'ai perdu tous mes beaux pigeons.

J'ai essayé de les empêcher, je leur ai dit qu'ils seraient mieux de simplement les laisser sortir des cages et les laisser s'envoler. Mais, ils continuèrent leur boucherie et ils m'ont laissé une scène sanglante que je ne suis pas prêt d'oublier.

L'homme ne pouvait pas retenir ses larmes et était inconsolable. Après sa dernière déclaration, il dut s'asseoir sur le sol car la douleur qu'on lui avait infligée était encore difficile à supporter.

Thomas pouvait s'imaginer la cruauté que cet homme avait été forcé de voir, provenant de ces hommes arrogants et dégoûtants, obéissant à leurs ordres cruels. Ces ordres ne pouvaient venir que d'une seule source, étant donné que les autorités odieuses écoutaient un parti qui les nourrissait de fausses informations. Il n'y avait aucune possibilité que quelqu'un d'intelligent puisse ordonner une chose pareille.

Thomas eut une longue discussion avec lui, cherchant à savoir ce que les soldats lui avaient dit exactement et la raison pour laquelle ils avaient exécuté les ordres.

– Ils l'ont fait contre leur volonté, m'ont-ils dit. Je les ai suppliés de ne pas les tuer. Ils m'ont dit que s'ils avaient eu le choix, ils m'auraient laissé tranquille. Ils ne pouvaient pas s'imaginer que mes oiseaux étaient dangereux pour qui que ce soit. Mais il fallait qu'ils exécutent les ordres.

– Y a-t-il quelqu'un en particulier qui leur a donné cet ordre ? Pouvez-vous vous souvenir de quelque chose à ce sujet ?

– Je ne peux pas, malheureusement.

L'homme était encore traumatisé par l'événement et n'était certainement pas à l'aise de parler, surtout avec tous les gens qui s'étaient rapprochés des deux hommes, curieux de ce qu'ils discutaient.

Thomas lui dit que s'il lui arrivait de se rappeler une partie de l'événement et qu'il voulait lui en parler, il n'avait qu'à lui faire savoir. Afin de le rassurer, il lui dit ensuite dans le creux de l'oreille que cette conversation ne prendrait pas place au marché. Lorsqu'il se sentirait prêt à lui divulguer ces choses, il pouvait venir à son domicile.

Thomas quitta ensuite le marché pour rentrer chez lui.

Pourquoi avaient-ils été tués ? Il n'y avait pas d'autres pigeons dans la ville qui avaient subi le même sort.

Une chose était sûre, Thomas et ses amis se devaient de savoir qui avait déclenché la situation pour que ces nouvelles lois entrent en vigueur. Qui était derrière tout ça et qui avait exercé une telle influence pour être approuvé par les autorités ?

Il n'y avait pas de doute que tout cela provenait de la même source qui avait ordonné la mort des pigeons voyageurs du commerçant.

Qui savait qu'il avait des pigeons voyageurs en sa possession ? Thomas espérait que le marchand se rappelle s'il y avait eu quelqu'un qui lui avait demandé à qui il en avait vendu. Il était convaincu que tout cela le mènerait bientôt sur l'unique trace du véritable démon.

L'énigme

Belzébuth décela qu'un des Ébrim s'était positionné de façon stratégique pour exercer son influence et profiter de la population. Ce dernier appartenait à la haute hiérarchie de l'église. Il n'avait aucune conscience.

Comme tous les autres Ébrim, ce dernier détecté vivait sur la surface de la Terre depuis plusieurs siècles. Et durant cette vie présente, il avait pris des entités doubles. Et après s'être placé lui-même dans une position d'autorité, il put continuer ce que son espèce était si performante à accomplir – sournoisement feindre d'être un alchimiste.

Le troisième qu'il soupçonnait n'était pas différent des deux qu'il avait déjà éliminés. Il était sûr que l'autre provenait de la puissance politique de la ville.

Comme pour les autres Ébrim, l'intention était toujours d'être autour des gens pour les embrouiller autant que possible, afin de les empêcher d'atteindre une plus grande conscience.

Les combats étaient toujours féroces, mais Belzébuth avait réussi à attraper tous les objets ronds argentés ornant les fronts de ses ennemis. Alors qu'il se débarrassa des trois Ébrim originaux, ce dont il se rendit compte, c'est que chacun d'entre eux s'était génétiquement cloné.

C'est ce qui expliquait comment ces clones Ébrim pouvaient exécuter leurs actions si dégoûtantes tout au long de l'histoire. Il avait toujours soupçonné cette possibilité et les dernières batailles lui confirmèrent les faits. Certains de ces clones étaient les « amis » de Thomas.

La faiblesse de l'ennemi fut toutefois rapidement détectée. Les clones qui furent créés possédaient et partageaient la même longueur d'onde les reliant les uns avec les autres. Et une fois que Belzébuth détecta l'un d'eux, il put les identifier clairement et localiser le reste de ces entités.

Au début de sa deuxième visite, quand il trouva et saisit les clones, il avait exercé la pression requise autour du cou de chacune des méduses. Les propriétaires réels des corps empruntés réapparurent et la puissance que les Ébrim avaient déployée, pour prendre possession de leur corps, s'éclipsa.

Avec ces derniers, leurs métamorphoses se modifiaient en plusieurs entités qu'il réussit à arrêter. Les deux qu'il venait d'attraper plus tôt furent retirés de la Terre. Le premier étant celui qui avait pris le corps d'Anaya et l'autre du prêtre qui permit aux véritables propriétaires de finalement récupérer leurs corps.

Le processus de destruction des objets argentés demeurait toujours le même. Lorsque Belzébuth s'en emparait, ils explosaient au contact de ses puissants rayons et étaient détruits.

Les clones subirent le même sort que leurs créateurs sans cervelle. Ils furent tous aspirés dans un tunnel obscur tourbillonnant et disparurent de la surface de la Terre.

Ils prirent, sans exception, la métamorphose à laquelle ils n'avaient aucun pouvoir de se défaire – ils devinrent les méduses sans cervelle. Il n'en restait qu'un seul autre que Belzébuth devait trouver et détruire. C'était le troisième, faux politicien ou cavalier, qu'il soupçonnait comme étant la vraie méduse. Ce dernier possédait ces deux identités qu'il alternait à volonté.

Anaya et la seconde victime eurent l'occasion de réaliser pour la première fois, après des siècles de réincarnation, qu'ils avaient été programmés afin de détruire toute tentative de se familiariser avec la connaissance et la science.

Ils comprirent pourquoi ils avaient été choisis par les Ébrim – ce qui avait proliféré tout au long de leurs vies était leur faiblesse et leur incapacité à discerner ce qui était bien et ce qui était mal.

Ils avaient le droit de savoir, mais Belzébuth fit en sorte que cette rencontre ne les influence d'aucune façon, afin d'être vérifié comme étant des purs de cœur, puisqu'ils étaient revenus à leur propre identité.

Ils devaient tous les deux ouvrir le livre avant qu'ils ne se rappellent quelque chose de ces événements. S'ils réussissaient le test, ils pouvaient alors vivre leur vie comme si rien ne s'était passé pour eux. Belzébuth ne leur imposa pas l'accès du livre.

Leur jour allait venir où ils atteindraient le niveau de conscience requis pour le faire. Cela pouvait prendre plusieurs autres vies avant de réaliser véritablement que leur état d'être était disparu, mais qu'il pouvait enfin renaitre. Tout était laissé à leur propre chef pour le reconnaitre et en comprendre son existence.

Tout en chassant et éliminant les clones des Ébrim restants, Belzébuth aperçut Gaspar et Anaya s'embrasser. Il était heureux de voir une fois de plus que c'était toujours la vérité qui rassemblait les gens. Il n'était cependant pas convaincu qu'il s'agissait de la fin heureuse de cet émoi qui les avait tant déconcertés.

D'autres événements attirèrent également son attention lors de sa sortie de la pyramide, après cette dernière bataille pour libérer Anaya.

C'était le cavalier qui avait rencontré Anaya qui se trouvait au bas de la ruelle et possédait une de ses broches à cheveux. Il observa également la tristesse qu'ont ressentie Thomas, Gaspar et Albert à la suite de cette tuerie sauvage des pigeons voyageurs.

Suivant ce dernier événement, insoupçonné de tout le monde, Belzébuth exerça son influence sur le marchand pour l'aider à dissiper son trou de mémoire pour que lui revienne tout l'événement de cette si triste journée au marché. Il allait bientôt se souvenir de tout et subséquemment en donner l'information à Thomas. Cet homme se dirigeait sur la route pour devenir un autre pur de cœur.

Une question planait toujours sans réponse. C'était la raison pour laquelle l'emplacement choisi par les autorités pour construire une église était si loin de la ville et pas facilement accessible pour adorer un dieu imposé.

Inconnu des trois hommes que cet événement s'était produit avec Anaya, quelle était la réelle intention de ce cavalier envers elle ? Était-il honnêtement à sa recherche pour tout simplement lui redonner sa broche à cheveux ou avait-il d'autres intentions ?

Une autre question gisait sans réponses. Quelle sera la façon utilisée pour continuer le processus d'obtention de la connaissance et augmenter le nombre de purs de cœur ?

Tout était arrêté depuis un certain temps, empêchant davantage de gens d'obtenir l'information du livre dans la pyramide. Rien ne pouvait reprendre puisqu'on leur avait interdit d'accéder à la ruelle qui les menait à la prairie.

C'était une situation difficile, mais Belzébuth était certain que ces événements étaient tous, sans équivoque, interreliés dans une tentative d'interrompre la création d'un avenir plus prometteur pour la Terre. Le cavalier était le numéro un sur sa liste des suspects.

Les options à choisir suivant la divulgation du livre

Beaucoup de choses avaient été réalisées avant la fermeture de l'accès à la prairie par les autorités. Tous les deux jours, au son de minuit, les alchimistes avaient réuni les gens qui souhaitaient sincèrement devenir purs de cœur.

Par la suite, plusieurs centaines d'entre eux retournèrent à l'Étoile. Ils avaient atteint l'état où ils pouvaient quitter volontairement la Terre, peu importait leur âge. L'âge de leur corps physique n'avait rien à voir avec leur évolution, leur progression. L'état d'être spirituel maintenant atteint était le point déterminant de leur départ, et cela, depuis l'information obtenue du livre.

Ils n'avaient plus peur de quitter leur corps et la Terre. Ils pouvaient se joindre à des êtres semblables à eux sur Sirius et vivre de la façon dont ils auraient toujours été censés vivre.

La mort de leur corps n'était pas la fin. Cette fin n'avait jamais existé, comme ils l'avaient toujours ressenti tout au fond de leur conscience. C'était la vérité. La vie était toujours un modèle sans fin de la naissance et de la renaissance sur la Terre. Les écoles du Bouddhisme illustraient ce fait comme une roue qui tourne – naissance – croissance – vieillesse – mort et renaissance.

Sur Sirius et dans beaucoup d'autres parties de l'univers et multi-univers, c'était très différent. Ce processus de renaissance n'était plus essentiel. D'autres purs de cœur, décidèrent de poursuivre des objectifs vers ce qu'ils appelaient une prise de conscience accrue de leur forme de vie originale.

En termes simples, ils décidèrent que le moment de leur départ volontaire de la Terre serait retardé, le temps nécessaire d'accomplir ce qu'ils estimaient essentiel de faire. Ils s'engageaient volontairement à rester autour jusqu'à ce que tous les membres de leurs familles et connaissances obtiennent les informations du livre.

Puis, satisfaits de leur réalisation, ils retourneraient alors à l'Étoile avec tout leur monde. Il n'y avait plus de mélancolie ou de tristesse pour ceux qui décidèrent de quitter la Terre. Il n'y avait plus d'émotions négatives qui les attachaient à la dépendance de leur corps physique et tout ce qui semblait si solide comme le roc, fut bientôt dévoilé comme étant simplement une illusion.

Ces significations désormais insignifiantes dans lesquelles ils furent piégés depuis longtemps sur la Terre se révélèrent d'elles-mêmes lorsque les gens reconquirent leur véritable identité.

Malgré le fait qu'il y avait de moins en moins de rassemblements agréables sur la place publique depuis cette loi interdisant les citoyens de se réunir, les purs de cœur étaient, néanmoins, toujours en mesure de demeurer connectés, après avoir atteint leur état d'unicité.

Ils étaient tous liés à la même fréquence que Belzébuth avait créée pour les trois alchimistes. L'interdiction des heureuses réunions et festivités sur la place publique n'avait plus vraiment d'importance pour eux.

Pour beaucoup d'autres qui n'avaient pas encore eu accès au livre, c'était encore une vie misérable, que les collectionneurs des autorités fiscales volaient pour la construction de l'église. L'autorité n'avait jamais eu l'intention de prendre leurs finances déjà accumulées de leur trésorerie pour la construire. L'argent devait provenir de nouvelles taxes.

Thomas, Gaspar et Albert reconnurent qu'ils étaient visés par une personne ou un groupe qu'ils espéraient découvrir rapidement.

Les autorités devinrent très méfiantes de l'étrange augmentation du nombre de personnes de tous les âges qui disparaissaient inexplicablement de la ville. Personne ne pouvait leur fournir de véritables explications. Les membres des familles de ceux qui disparurent étaient cités à comparaitre devant les autorités pour être interrogés.

Ces séances d'interrogatoire augmentaient, se faisaient de plus en plus menaçantes proportionnellement à leur frustration de ne rien obtenir pour ouvrir la porte du mystère. Malgré leur insistance, elles pensèrent qu'en infligeant plus de menaces, cela aiderait leur cause. Tout ce qu'elles tentèrent de faire échoua lamentablement. Rien ne pouvait être fait pour que les citoyens divulguent la vérité.

Un par un, ils revinrent chez eux et on les laissa tranquilles. L'accès au livre était temporairement suspendu jusqu'à ce qu'un autre moyen soit trouvé pour permettre à chacun d'accéder à la pyramide.

L'une d'eux était Anaya qui, après cette incroyable expérience d'être mentalement et émotionnellement déchirée durant plusieurs de ses vies, pouvait enfin obtenir la connaissance du livre et épouser l'amour de sa vie.

Gaspar était également de plus en plus impatient dans ces circonstances devenues insupportables. Il avait bon espoir qu'elle pourrait accéder à la pyramide avant longtemps.

Ils voulaient que cela se fasse le plus tôt possible pour s'assurer qu'elle était, sans aucun doute, une pure de cœur tout comme lui.

Ce qui les empêchait de le faire était la présence de ces soldats stationnés en permanence, jour et nuit à l'entrée de la petite ruelle.

Les trois alchimistes n'avaient plus d'autre choix que de trouver un autre moyen, une route différente pour se rendre à la pyramide. C'était le seul endroit qui pouvait les garder inaperçus du reste du monde. Ils étaient si près d'atteindre leur but qui mettrait un terme au fait de succomber à ce piège dans lequel tous, sans exception, étaient tombés, vies après vies depuis très longtemps.

La manifestation du véritable démon

Un soir, alors qu'il se promenait à cheval dans la ville, le mystérieux cavalier était très attentif, gardant l'œil sur un dispositif qu'il tenait dans ses mains.

– Vous voilà ma belle mortelle. Bientôt, vous m'appartiendrez. Nous allons tout conquérir de cette planète. Nous serons ensemble pour toujours et serons les dirigeants tout puissants.

Anaya apparût dans le dispositif, il surveillait chacune de ses allées et venues. Il était devenu très obsédé d'elle depuis leur première rencontre.

Il n'était cependant pas pressé de la rencontrer de nouveau. Il jugeait que « le bon moment » n'était pas encore venu – pas tout à fait.

Le temps était de l'essence puisque Anaya possédait toujours cette faiblesse de sa jeune conscience qui faisait qu'elle était toujours vulnérable à toute personne ayant un pouvoir plus puissant qu'elle, permettant la perversion de son destin se manifester encore une fois.

Elle n'était pas encore officiellement une pure de cœur. Elle devait se rendre coûte que coûte à la pyramide. C'était la seule façon pour qu'elle devienne complètement étanche à cette malédiction continuellement en état d'attente pour elle.

Il était le dernier des Ébrim à errer librement sur la terre et il était impératif que Belzébuth le décèle.

Un des Ébrim avait déjà essayé de changer le cours de son destin. Celui-ci, le cavalier, était le dernier. Belzébuth se devait de l'attraper avant qu'il ne quitte le corps d'une méduse.

Une bataille des plus féroces allait alors se matérialiser aussitôt que Belzébuth et le cavalier se feraient face.

Sans qu'ils sachent ce que Belzébuth faisait, Anaya et Gaspar étaient très occupés à trouver un autre chemin pour se rendre à la pyramide sans se faire capturer. Il y avait ces soldats qui surveillaient les allées et venues des lieux en tout temps. Et connaissant les autorités, se faire prendre sur les lieux se traduirait en une situation très désastreuse pour eux.

Thomas et Albert les rejoignirent, très heureux d'avoir appris ce qui s'était passé avec Anaya et qu'une fois de plus, ils pouvaient réellement espérer que le meilleur lui arrive.

Un soir, quand tout était calme dans la ville, ils prospectèrent autour et se séparèrent les uns des autres afin de trouver une autre entrée. Ils firent leurs visites la nuit, autour du terrain de construction, plusieurs fois, mais ne purent trouver une autre entrée.

L'endroit était trop bien gardé. Ils ne pouvaient pas s'approcher suffisamment de l'endroit, comme ils l'auraient souhaité.

Après une dernière tentative qui devint infructueuse, tous marchèrent dans la ruelle. Thomas les invita à venir à son domicile afin de communiquer avec Belzébuth sans personne d'autre autour, à l'exception d'Anaya, pour qu'elle puisse voir le magnifique ange apparaitre devant eux.

Il fallut peu de temps à Belzébuth pour se manifester. Il savait ce qu'ils cherchaient.

Il apparut devant eux avec ses immenses ailes noires, son corps majestueux et son regard charismatique.

– Bonsoir mes amis. Je suis au courant de ce que vous essayez de trouver. Ici, jetez un coup d'œil ici.

Il frappa ses deux mains et une carte numérique apparut dans les airs. La carte était un plan détaillé de la pyramide. Chaque entrée était clairement indiquée au-dessus du sol où ils pouvaient entrer.

Ils l'étudièrent très attentivement jusqu'à ce qu'ils voient à une bonne distance de la prairie, une entrée qui leur donnerait finalement accès.

C'était un chemin plus long pour l'atteindre, ayant à marcher dans un long tunnel avant d'atteindre les ascenseurs de la pyramide. Mais c'était la seule possibilité qui leur garantissait de ne pas être aperçus par les soldats. L'ascenseur les conduirait à l'intérieur en peu de temps. Ils se mirent tous d'accord qu'ils devaient prendre cette entrée.

– Vous avez fait beaucoup de progrès jusqu'ici. Quel soulagement que de voir ce qui se passe à l'heure actuelle après tous ces siècles ! Le genre humain peut se reconnaitre enfin ! Mais je dois vous avertir de quelque chose.

La regardant droit dans les yeux, il prévint Anaya qu'elle était encore sous surveillance par le dernier des Ébrim qui errait encore sur la Terre.

Tous furent très étonnés de ce que Belzébuth venait de leur révéler. Anaya courut dans les bras de Gaspar car elle était terrifiée à l'idée qu'elle soit de nouveau la cible de quelqu'un qui voulait posséder son corps.

– Oui, quelqu'un est à votre poursuite, jeune dame. Votre épreuve est loin d'être terminée. Vous souvenez-vous du cavalier que vous avez rencontré après avoir quitté la pyramide ce jour-là ?

– Oui, je m'en souviens vaguement, mais pourquoi ?

– Eh bien, il est le dernier Ébrim qui vous surveille sans arrêt depuis que vous avez perdu une de vos broches à cheveux. Il l'a ramassé et depuis lors, il est une ombre éternelle à vos côtés. Il va sûrement tenter de vous séduire, de paraitre ce qu'il n'est pas. C'est un véritable test de votre fidélité envers l'homme qui vous tient en ce moment dans ses bras. Vous devez vous rendre à la pyramide rapidement !

– Nous devons nous rendre à la pyramide demain soir et nous ferons notre chemin ! Je ne laisserai pas tout cela se produire. Je vous ai presque perdue une fois, cela ne se produira pas une seconde fois, s'écria Gaspar.

Le visage des deux autres alchimistes exprima de la tristesse à la pensée que leurs deux amis soient à nouveau exposés à quelque chose qu'ils ne méritaient pas de vivre.

– Pourquoi me poursuit-il ? demanda Anaya qui devint très agitée.

– Je vous l'ai déjà dit, vous avez ce point faible qui magnétise les Ébrim vers vous. La seule façon d'être en mesure de vous en débarrasser est de vous rendre à la pyramide.

Elle ne savait plus quoi dire. Elle ne savait pas ce qui était si faible en elle qui permettrait à un autre monstre de prendre le contrôle de son corps.

– Gaspar, j'ai tellement peur !

– Nous allons réussir mon amour, je vous le promets. C'est juste une question d'heures avant qu'on y arrive.

– Pourquoi ne pas y aller maintenant ? Allons-y ! s'exclama-t-elle, alors qu'elle pleurait, abattue par cette déclaration.

– Pas maintenant Anaya, dit Gaspar essayant de la garder dans ses bras puisqu'elle se débattait de toutes ses forces pour s'en libérer et courir vers la pyramide.

– J'aimerais être déjà là autant que vous le souhaitez, mais il est trop tard pour l'instant. Il s'agit d'une journée à attendre. Nous devons être patients. Croyez-moi. Nous allons y arriver demain.

Gaspar la rassura. Albert et Thomas l'encouragèrent également.

Elle prit une profonde inspiration et admit que c'était probablement la meilleure chose à faire.

L'attente semblerait une éternité, non seulement pour elle, mais pour tout le monde aussi.

Comme elle jura qu'elle ne commettrait aucune tentative de fuir au beau milieu de la nuit pour se rendre à la pyramide, c'était plus rassurant maintenant, qu'elle et Gaspar quittent la maison de Thomas.

Ils marchèrent en direction de la maison d'Anaya en gardant un œil par-dessus leurs épaules jusqu'à ce qu'ils atteignent les marches de sa maison.

Il l'embrassa passionnément et ils restèrent enlacés dans les bras pendant une longue période de temps en se promettant qu'ils allaient voir ce lendemain comme étant le plus beau jour de toute leur vie.

Pendant ce temps, Albert et Thomas se posaient beaucoup de questions à propos de cette situation avec Belzébuth.

– Elle doit prouver qu'elle peut revenir à l'Étoile, dit Belzébuth.

– Mais pourquoi est-ce que cela se manifeste seulement envers elle et aucun de nous ? demanda Thomas.

– Elle est la seule qui sera en mesure de répondre à cette question lorsque viendra le temps où elle recouvrira sa pleine conscience. Personne ne peut répondre pour elle.

Tout ce que je peux dire, c'est qu'elle doit faire face à la situation d'elle-même. Personne d'autre ne peut le faire à sa place. Si elle réussit à passer à travers cette épreuve, elle en sortira beaucoup plus forte et confiante. Elle se rendra à la pyramide et deviendra une pure de cœur.

Ensuite, Belzébuth disparut, laissant Albert et Thomas seuls. Ils avaient hâte de se rendre à la pyramide le lendemain.

Lorsqu'ils atteignirent la maison, le cavalier surveillait les deux amoureux à distance. Il avait découvert toutes les activités d'Anaya, où elle allait, avec qui elle communiquait, etc.

Plusieurs fois, la regardant dans son dispositif, il la perdit momentanément quand elle entrait dans les foyers de Thomas ou de Gaspar. Mais il pouvait facilement la détecter de nouveau dès qu'elle quittait ces domiciles et rentrait à sa demeure.

Il était maintenant au courant de tout ce qu'elle avait discuté avec Gaspar sur le chemin vers sa maison. Et tout le reste lié à ses activités, et cela, depuis qu'il était en possession de sa broche.

En commençant à l'espionner à distance, à son grand étonnement, une telle chose appelée pyramide située en dessous de la prairie, le mit sur la piste pour planifier son prochain sabotage. C'est à cet endroit qu'il soupçonnait particulier, cela, depuis qu'il avait aperçu Anaya en sortir.

Il avait obtenu l'information sans combattre. C'était de loin, beaucoup plus que ce qu'il envisageait apprendre d'elle.

– Une pyramide, hum... c'est là où ils se rassemblent... très intéressant. Serait-ce l'endroit où les gens disparaissent pour se rendre sur Sirius aussi ? Je serai à vos côtés très bientôt ma belle mortelle.

Il sourit à l'idée que le temps se rapprochait rapidement, juste le temps nécessaire pour que Gaspar la quitte et qu'elle entre chez elle. Il était maintenant prêt.

– C'était la dernière fois que vous l'embrassiez, mon ami. Elle m'appartient maintenant pour toujours.

Après avoir verrouillé la porte de sa maison, Gaspar prit le chemin vers son domicile, gardant espoir pour que ce lendemain les unisse enfin pour toujours.

Le cavalier ne pouvait rien faire de mal à Gaspar car il était imperméable à l'influence de tout Ébrim. Mais *elle* ne l'était pas. Elle était pour lui, une proie facile à atteindre.

Anaya regarda à la fenêtre jusqu'à ce que Gaspar disparaisse dans l'obscurité. Elle souffla toutes les chandelles et se rendit à sa chambre à coucher.

Puis assise à sa table de nuit, elle se regardait dans un grand miroir afin de démêler ses cheveux avant d'aller au lit. Elle chantait une chanson que sa mère lui chantait lorsqu'elle se sentait anxieuse ou triste. Chanter cette chanson lui faisait à nouveau du bien et elle était heureuse et impatiente de voir ce lendemain.

Elle souffla sur une bougie allumée sur la petite table à côté de son lit et il ne restait qu'une simple lueur rouge provenant des bûches.

Elle se glissa sous ses draps, regarda le plafond pendant un moment pensant à la vie très excitante et agréable qu'elle était sur le point de partager avec Gaspar.

Puis, elle se trouvait dans un état de sommeil très profond lorsque le miroir de sa table de chevet commença à émettre une lueur. Le visage d'une méduse apparut et illumina la chambre. Des serpents, avec leurs langues vibrant de leurs bouches, sortirent lentement, se tournoyant à l'extérieur du miroir. Ils rampèrent le long des pieds de la table de nuit pour atteindre le sol jusqu'aux pieds du lit d'Anaya.

Les serpents entourèrent alors le corps d'Anaya. Ayant atteint leur objectif, ils s'immobilisèrent. La méduse sortit du miroir et se tint au pied du lit d'Anaya. Elle regardait le prix si précieux qu'elle convoitait depuis leur première rencontre. Ses yeux verts cristallisés étaient incontestablement fixés sur Anaya.

La disparition inexplicable d'Anaya

Très tôt le lendemain, Gaspar fut réveillé par une forte odeur de fumée. Il entendit alors des gens crier et les vit courir avec des seaux d'eau dans les rues, en direction de ce qui semblait être un grand incendie. Pas très loin de son domicile. L'odeur de la fumée pouvait être sentie tout autour de la ville. Il sauta de son lit pour savoir d'où ce feu provenait.

Il s'habilla rapidement et prit la même direction que les autres gens.

Alors qu'il marchait, il se rendit compte qu'il se rapprochait de la maison d'Anaya et il commença à courir, car il devint de plus en plus anxieux de voir les gens se diriger vers sa maison.

C'était la maison d'Anaya qui était complètement dévorée par le feu. Il regarda ce qui restait de la maison. Il fut paralysé et dévasté.

Puis, paniqué, il courut vers ce qui restait de la maison à la recherche de l'amour de sa vie.

– Anaya ! Anaya ! cria-t-il.

Il tenta à plusieurs reprises de chercher, de déplacer désespérément les décombres enflammés aussi rapidement qu'il le pouvait. Il bougeait et déplaçait frénétiquement tout ce qu'il pouvait, espérant la trouver en vie. Peu de temps après, il ressentit beaucoup de douleur à ses mains brûlées. Il ne put continuer ses recherches.

Albert et Thomas arrivèrent sur le site pour découvrir Gaspar entièrement recouvert de suie et inerte sur le sol. Il s'était évanoui dans les décombres de la maison d'Anaya.

Albert et Thomas le prirent par les bras et l'emmenèrent à son domicile. Ses parents étaient complètement éberlués de le voir dans un tel état. Ils firent immédiatement tout ce qu'ils pouvaient pour le soulager de la douleur insupportable infligée à ses mains. Mais son état émotionnel était de loin des plus douloureux, et ils n'avaient pas de remède pour l'en soulager.

Lorsqu'il reprit connaissance, Gaspar ne pouvait s'arrêter de pleurer.

– Où est Anaya ? Est-ce que quelqu'un l'a trouvée ? Dites-moi, s'il vous plait, Thomas, Albert, où est Anaya ? Qu'est-ce qui lui est arrivé ?

Cet événement était terrible pour tout le monde. Ils ne pouvaient rien lui dire puisque les restes de son corps n'avaient pas été trouvés.

Avait-elle brûlé si intensément qu'il n'y avait rien qui restait de son corps ? Personne ne pouvait se prononcer là-dessus. Tout ce qu'ils avaient trouvé était des fragments de ses broches à cheveux intensément brûlés.

L'Interdiction

Rien du corps d'Anaya ne fut trouvé après que le feu soit complètement éteint. Avait-elle eu la chance de s'échapper de cet enfer ? C'est ce que Gaspar, couché sur son lit souffrant de ce qu'il s'était infligé, souhaitait désespérément.

Il se sentait tellement coupable de l'avoir laissée seule la nuit précédente. S'il était resté avec elle en tout temps, cela aurait-il fait la différence ? Il était complètement perdu dans ses pensées. Personne ne pouvait lui donner une réponse quant aux circonstances de sa disparition.

Le temps qu'il faudrait pour qu'il puisse se guérir de ses blessures promettait d'être péniblement long, si jamais une guérison était possible. Il n'y avait pas beaucoup de choses qui pouvaient être faites pour accélérer sa guérison. Il n'y avait pas eu de grandes percées médicales au cours des derniers siècles. Gaspar allait souffrir durant de longues et pénibles journées avant qu'il puisse se remettre complètement de ses blessures.

Gaspar n'avait jamais cessé de pleurer depuis l'incident. Il était inconsolable.

Ressentant le désespoir dans lequel Gaspar se trouvait et ce qu'il ressentait physiquement et émotionnellement, Belzébuth apparut dans sa chambre.

L'ange si impressionnant fit son entrée et se matérialisa à côté de son lit, lui jetant un regard d'empathie.

— Désolé de vous voir endurer ce réflexe physique qui vous oblige à vous rappeler que le corps que vous possédez ne vous donne aucune autre option pour se guérir.

La douleur n'est pas quelque chose que vous aurez à endurer une fois sur Sirius. Étant un réflexe de protection qui se déclenche tout en essayant de guérir, il n'est cependant pas nécessaire d'expérimenter la douleur.

– Où est Anaya ? Je suis sûr que vous le savez. Où est-elle ? Est-elle toujours en vie ? Est-ce que l'Ébrim l'a kidnappée ? le suppliant de répondre.

– Elle est toujours en vie, Gaspar. Elle a été enlevée par le dernier des Ébrim qui a profité de l'occasion alors qu'elle dormait.

Gaspar tenta de sortir du lit, heureux qu'elle ne fût pas morte. Il voulait savoir où elle était pour la secourir.

– Pas aussi vite Gaspar. Laissez-moi faire ce que je dois faire dans ce cas. Cet Ébrim étant très malsain, il va certainement créer des trappes vicieuses que vous ne suspecterez pas. Et je ne désire pas vous voir être exposé à celles-ci. Vous êtes beaucoup trop impliqué émotionnellement par cette situation.

– Mais si elle a disparu pour toujours parce que j'ai attendu trop longtemps, je ne serai jamais capable de m'en remettre, dit Gaspar.

Belzébuth lui dit de s'allonger sur son lit parce qu'il allait faire quelque chose pour le soulager de sa douleur physique une fois pour toutes.

À la grande surprise de Gaspar, Belzébuth tenait un dispositif dans ses mains émettant des rayons bleus qui illuminaient chacune de ses mains. Gaspar sentit tout de suite ses mains devenir engourdies, ne sentant plus la douleur. Il fallut quelques minutes avant que le processus de guérison soit achevé.

– Ça, c'est ce que la technologie et la science peuvent faire pour vous, mon ami. Vous auriez pu vous pourvoir aussi de cette technologie qui était toujours disponible pour votre civilisation, si vous n'aviez pas passé votre temps à vous occuper de toutes ces activités qui étaient franchement improductives. C'est triste d'une manière, puisque beaucoup de vies ont été perdues au cours des siècles, la régression de leur évolution prit la place au lieu de progresser vers une conscience plus grande. Tout cela à cause de la stupidité et de l'ignorance des croyances et des superstitions.

Quand je suis arrivé sur votre planète, j'ai été témoin de la fin de grandes civilisations de vos époques comme les Égyptiens, les Incas, les Aztèques et de nombreuses autres civilisations qui vivaient dans un état supérieur à celui dans lequel la majorité de l'humanité se trouve actuellement.

La majorité de ces visiteurs qui n'étaient pas humains vous ont quitté et sont retournés d'où ils venaient. Ils vous ont prêté main-forte pour jouir d'une meilleure vie, mais ils ne vous ont pas donné la clé pour échapper à ce continuum vicieux de la renaissance et tout ce qu'elle entraine avec elle.

Vous avez été laissés à vous-même pour découvrir comment vous pouviez vous aussi, sortir de l'orbite de la Terre et retourner à l'Étoile. Toutes les traces de ces sciences et technologies qui vous furent enseignées lors de leurs présences ont été détruites par des gens très ignorants qui s'efforcent encore une fois de garder cette planète dans son état actuel.

Depuis, c'est l'aveugle qui guide l'aveugle. La très grande majorité actuelle des gens de cette Terre est loin d'accomplir les performances de ces ancêtres – étant encore vous – mais qui dans le passé, étaient capables de faire des choses et cela, durant des siècles. Si cela avait été le cas, vous et moi ne nous serions jamais rencontrés sur Terre pour cette conversation. Vous seriez déjà sur Sirius.

Le processus de guérison prit très peu de temps et Gaspar enleva le bandage couvert de sang. Ses mains étaient à nouveau en parfait état, il n'y avait aucune trace de brûlure, pas de cicatrices, pas de sang, plus de douleur, rien que des mains saines.

Il continua de se tourner les mains, très étonné de voir cette incroyable transformation.

Il savait ce que Belzébuth voulait dire. Il avait vu à quoi ressemblait Sirius. Son but ultime était d'y retourner avec Anaya. Il n'y avait rien d'important à faire pour lui sur cette Terre. Il était maintenant conscient de l'existence d'un avenir meilleur et il voulait y retourner.

– J'ai terminé ce que j'avais à faire ici. Je serai de retour dès que j'aurai terminé cette affaire avec le dernier des Ébrim. Je ne sais pas combien de temps cela prendra, mais je peux vous assurer que je suis impatient de me débarrasser de cet invertébré sans cervelle ! Pendant ce temps, faites qu'il y ait de plus en plus de gens qui se rendent à la pyramide.

Lorsque Thomas fit son entrée pour voir Gaspar, il vit Belzébuth disparaitre de la chambre.

Thomas lui dit tout ce que le marchand, qui s'était finalement rendu à son domicile, lui avait révélé. On lui avait dit qu'un ordre avait été ordonné par les autorités, de massacrer tous ses pigeons voyageurs et ils lui avaient dit pourquoi.

Comme Thomas l'avait soupçonné, on lui avait demandé à qui il avait vendu une partie de ses pigeons.

La confession du marchand

Thomas sourit à Gaspar lorsqu'il constata que son ami était complètement guéri de ses blessures. Il reconnut que la technologie et les sciences étaient de bonnes choses quand elles étaient utilisées à de bonnes fins.

Il s'assit à côté de lui sur son lit et toucha ses mains. Les deux se mirent à imaginer ce qui pourrait être créé de prodigieux à l'avenir.

Gaspar l'informe de ce qui s'était passé avec Anaya et que Belzébuth était à la poursuite du dernier des Ébrim. Il ne pouvait toutefois pas participer avec lui dans cette affaire.

– Je suis tellement content qu'elle soit encore en vie, Gaspar. Il n'y avait pas de mots que je pouvais trouver pour apaiser votre douleur.

Ils se donnèrent un câlin manifestant leur véritable solidarité. Leur amitié était sans borne.

Thomas lui dit alors ce qui était derrière la tuerie des pigeons voyageurs du marchand et des siens. Tôt le matin même, le commerçant vint à sa maison pour lui dire qu'il avait retrouvé sa mémoire. Et avec le temps qui s'était passé, il était assez énergique pour décrire l'événement en entier sans s'épuiser émotionnellement, comme avant. Même si c'était quand même encore très difficile d'en parler, il était prêt à tout lui dire.

On avait ordonné, aux soldats qui se présentèrent au marché public, de mentir au marchand quant à la raison pour laquelle ils devaient tuer tous ses pigeons. Ils l'avaient informé qu'à la suite de l'annonce faite à la place publique, les autorités ne voulaient plus voir cette liberté dont les gens disposaient.

Celui qui avait ordonné le massacre des oiseaux était un homme qui était placé dans la haute hiérarchie politique qui utilisait également une autre entité, c'était le cavalier qu'Anaya avait rencontré.

L'entité réelle de ce cavalier était toujours emprisonnée dans le passé. Il n'avait jamais été en mesure de retrouver son corps et de se débarrasser de l'emprise qu'exerçait ce très puissant Ébrim sur lui. Il n'avait aucune chance.

Il flottait depuis ce temps, au-dessus de tout, complètement perdu dans l'espace, il n'avait aucun moyen de retrouver son corps. La tristesse dans tout ça, c'est qu'il demeurait toujours dans les airs depuis très longtemps dans l'attente. Il gardait toujours espoir qu'un jour il puisse se ré-approprier son corps.

L'Ébrim était celui qui avait provoqué tous ces bouleversements au sein de la population. Ayant gagné la pleine coopération des dirigeants de la foi, il les avait suffisamment influencés pour construire une église au-dessus de la pyramide. C'est ainsi que tout était conjointement lié.

Ils devaient rester constamment sur leurs gardes afin que leur secret de rassemblement ne soit pas découvert.

– Si ça n'avait pas été d'Anaya exposée à ce monstre, même si ce n'était pas prémédité, nous ne serions pas là où nous en sommes à l'heure actuelle, dit Thomas.

Vous n'auriez pas été blessé et rien de tout cela ne serait arrivé. Gaspar, je suis heureux de savoir qu'elle est toujours en vie. Mais je suis désolé de devoir vous dire que je sens qu'elle est vraiment en train de devenir un obstacle à ce que nous devons faire.

À date, tout ce qu'elle fait, aboutit dans un constant dilemme, et cela menace notre succès. Est-elle une personne qui en vaut plus la peine que toutes les autres qui ne sont pas aussi faibles qu'elle ?

Je vous pose cette question Gaspar, en vaut-elle vraiment la peine ? Avez-vous besoin de plus de tristesse et d'événements menaçants pour vous blesser davantage pour que vous vous rendiez compte que cette relation n'est pas positive pour vous ? Nous pensions que vous étiez mort quand Albert et moi sommes venus vous enlever des décombres.

Gaspar baissa les yeux vers le sol pendant que Thomas

l'interrogeait. Était-il si aveuglément amoureux d'elle que cela l'empêchait de voir la scène réelle qui pouvait l'affecter lui et la grande majorité de ceux qui devaient se rendre à la pyramide ?

Il resta silencieux pendant un moment, en réfléchissant sur ce que Thomas lui demandait. Il devait rationaliser sa pensée et envisager toutes les possibilités quant à ce qui était la meilleure chose à faire pour lui et pour tous les autres.

— Donnez-moi le temps d'y réfléchir. J'ai vraiment besoin de temps pour envisager ce qui est le mieux. Je ressens votre inquiétude. Et je vois que vous avez raison de penser de cette façon, avec les résultats de ma relation avec elle, qui est si désastreuse depuis le début. Je l'aime encore malgré tout. Je crois qu'Anaya est une pure de cœur comme moi.

— Très bien alors, dit Thomas. J'espère que vous ne tarderez pas trop longtemps avant que vous ne répondiez à cette question. Vous êtes le maitre de votre destin et je ne peux rien faire à votre place. J'espère que votre décision vous mènera vers un meilleur état que celui dans lequel vous vous trouvez présentement. J'espère vraiment mon ami, que vous prendrez le chemin qui correspond au meilleur pour tous, vous y compris.

Thomas lui donna un câlin et lui tapa sur son dos comme un père aimant manifestement son fils prodigue, lui souhaitant la bienvenue à la suite du retour d'une escapade. Il espérait vraiment, comme toujours, uniquement le meilleur pour Gaspar.

Alors que Gaspar réfléchirait sur le sujet pendant un certain temps, Albert et Thomas décidèrent de se rendre à la prairie au cours de la nuit prochaine dans l'espoir de localiser une entrée de la pyramide qui soit sécuritaire. Ils allaient faire leur première tentative.

Tout fut confirmé comme ils s'y attendaient, ils pourraient recommencer le processus du recouvrement de la conscience supérieure pour beaucoup d'autres personnes.

Captive

Emprisonnée dans ce qui semblait être un cachot et étendue sur un canapé, Anaya se réveilla dans un endroit qu'elle ne reconnaissait pas. Quand elle ouvrit les yeux, elle prit conscience qu'elle ne dormait plus dans sa maison, mais elle avait toujours sa robe de nuit.

Elle regarda tout autour et essaya de s'orienter. Elle courut à la seule fenêtre étroite donnant sur l'extérieur, afin de pouvoir s'orienter. Elle se rendit compte qu'elle se trouvait dans la tourelle d'un château et ne put reconnaitre l'entourage.

Le château était situé sur ce qui semblait être une île flottante qui se déplaçait lentement dans le cosmos, entouré de millions de roches, de météorites et de débris spatiaux se déplaçant lentement dans un nuage de poussière. Son cœur était fortement bouleversé à l'idée qu'elle pouvait être perdue à jamais dans cet endroit des plus étranges.

Elle tenta de remuer les barres de métal lourdes qui traversaient la fenêtre. Elle essaya désespérément de les enlever et cria de toutes ses forces. Elle tenta d'ouvrir la lourde et imposante porte du cachot, mais elle était verrouillée.

Elle se sentait comme une âme perdue dans un endroit très cabalistique. Elle ne savait pas qui l'avait capturée et par quel moyen elle était soudainement arrivée à cet endroit. Il faisait très noir tout autour et à proximité du château.

Elle n'arrêtait pas de hurler et de supplier pour de l'aide. Personne ne répondit à ses cris désespérés.

Elle aperçut alors une lumière venant de l'extérieur. Elle courut pour voir, espérant que quelqu'un l'avait enfin entendue et qu'elle serait bientôt libérée pour rentrer chez elle.

Elle regarda l'étrange lumière qui se déplaçait en sa direction. Elle put la distinguer parmi des millions de roches et de météorites qui l'entouraient. L'objet lumineux se déplaçait silencieusement vers elle.

Il était grand et exposait un cercle radieux avec de nombreux tentacules qui se propulsaient tous en même temps.

L'objet se rapprochant près de la fenêtre, Anaya pouvait maintenant entendre clairement l'impulsion sonore qu'il émettait. Elle courut vers la porte et fit une autre tentative de l'ouvrir. Elle entendit un clic et tira la poignée de la porte.

Elle pouvait à peine distinguer qui était devant elle. Elle était dans l'obscurité totale. Alors qu'elle tapotait tout autour avec ses mains et ses pieds, elle se rendit compte qu'il y avait un escalier. Elle descendit l'escalier aussi vite qu'elle le put, en s'assurant prudemment que sa longue robe de nuit ne touche quoi que ce soit qui pourrait la déchiqueter. Elle toucha finalement le sol, ce qui mit fin à sa descente.

Bien au-dessus d'elle, une lueur apparut et elle se rendit compte qu'elle descendait vers elle. Elle paniqua complètement en voyant la lumière étrange qui s'approchait de plus près. Elle tapota tout autour comme une personne aveugle le ferait dans l'espoir de trouver une sortie à travers laquelle elle pourrait se libérer de cet être qui la poursuivait.

L'entité amplifia sa taille. La lueur de chaque mouvement de pulsion devint de plus en plus brillante en augmentant sa vitesse tout en s'approchant, et toujours avec ses longs tentacules.

Anaya commença à hurler quand elle vit ce monstre s'approcher d'elle. Son corps fut enveloppé des énormes tentacules qui exerçaient une force de traction qu'elle ne pouvait pas combattre pour longtemps. Elle n'hésita pas à frapper la créature frénétiquement, à mordre ses tentacules et à se débattre afin de s'en défaire du mieux qu'elle pouvait. Son corps devint peu à peu entièrement recouvert de ces tentacules visqueux.

Ne pouvant plus supporter cette étouffante pression sur tout son corps, Anaya s'évanouit. Elle fut ensuite lentement soulevée jusqu'à l'escalier menant vers le cachot où elle devint à nouveau captive.

La méduse, comme Belzébuth l'appelait, s'était métamorphosé

au cavalier qu'Anaya craignait tellement de rencontrer. La tenant dans ses bras, il la déposa sur le canapé, s'assit à côté de son corps inconscient et caressa ses cheveux et son visage.

– Vous, ma belle Anaya, ce ne sera pas très long avant que vous regagniez votre connaissance et me voyiez comme votre amant tout puissant.

Il se leva pour se diriger à la fenêtre, et admira l'environnement qu'il trouvait paisible, en attendant qu'elle reprenne connaissance.

Plusieurs heures s'écoulèrent avant qu'elle n'ouvre les yeux. Réalisant qu'elle était à nouveau dans le cachot qu'elle avait désespérément voulu déserter, elle regarda tout autour. À son grand étonnement, elle distingua la silhouette d'un homme debout près de la fenêtre.

Elle n'était pas certaine de qui il s'agissait exactement. Elle courut immédiatement à la porte pour s'évader. Elle tira frénétiquement la poignée, espérant qu'elle céderait. Elle frappa la porte plusieurs fois de ses poings en hurlant pour qu'elle s'ouvre, jusqu'à ce qu'elle en devienne épuisée. Cette fois, la porte était verrouillée et il n'y avait pas d'issue pour elle.

Elle se retourna et le cavalier se trouvait juste derrière elle.

– Ne soyez pas si craintive de moi. Je ne veux pas vous faire de mal, mon amour.

– Gaspar ? Vous êtes venu me tirer du danger ! dit Anaya espérant désespérément que ce soit vraiment lui.

Elle était tellement perturbée et effrayée émotionnellement par ce qu'elle entendit qu'elle voulait instinctivement se rassurer qu'elle n'était plus en danger, espérant que ce soit Gaspar. Mais plus elle observait cette silhouette ombrée de cet homme qui se tenait devant elle, plus elle se rendit rapidement compte qu'il n'avait pas les caractéristiques de la silhouette de Gaspar.

Il n'avait pas ses cheveux qu'il tenait en queue de cheval. C'était plutôt le cavalier qu'elle espérait ne jamais revoir de sa vie.

Elle commença à le frapper avec ses poings et ses pieds.

– Vous êtes un monstre ! Vous avez utilisé la voix de Gaspar afin de me tromper ! Laissez-moi sortir d'ici ! Je veux rentrer à la maison ! s'écria-t-elle en colère.

Pendant qu'elle le battait de toutes ses forces, il lui sourit et jouissait de ce qu'elle lui infligeait.

– Essayez ce que vous voulez, vous ne me faites aucun mal. Ne gaspillez pas votre énergie, mon amour. Tout ce que je veux, c'est le meilleur que l'on mérite.

Elle devint très épuisée. Elle n'avait plus d'énergie pour se battre et s'éloigna de lui. Elle ne pouvait toujours pas voir clairement son visage. Tout autour était si sombre.

La reprise de l'activité à la pyramide

Gaspar fut laissé seul à réfléchir à propos de sa relation avec Anaya. Il devait prendre une décision.

Albert et Thomas se rendirent à la prairie la nuit suivante pour voir si l'entrée était toujours intacte, afin de reprendre leur activité. Ils gardèrent le silence le mieux qu'ils le pouvaient. Ils voyaient à distance que toute la place était fortement gardée. Seuls les flambeaux des soldats brillaient dans l'obscurité.

Ils s'approchèrent et se souvinrent de l'entrée décrite sur la carte numérisée et rapidement, accédèrent à l'entrée de l'ascenseur qui les transporta vers l'intérieur de la pyramide.

Il ne fallut que très peu de temps à l'ascenseur horizontal d'accélérer sur son chemin à travers le couloir, émettant des sons d'impulsions douces et répétées.

Ils arrivèrent très rapidement à l'entrée. Il n'y avait rien à l'intérieur qui indiquait que des intrus étaient entrés dans les locaux depuis leur dernière visite. Ils étaient à la fois heureux et très soulagés que ce fût bien le cas. Convaincus que tout était resté intact, ils quittèrent la pyramide.

Ils pouvaient poursuivre leur destin, pour le meilleur pour tout le monde, mais en même temps, ils se sentaient magnétisés par la situation dramatique de Gaspar et d'Anaya. Ils espéraient qu'il allait reprendre ses esprits et prendrait une décision plus logique. Qu'il deviendrait moins saturé de cette mauvaise émotion qu'il ne réussissait pas à dominer depuis leur dernière rencontre.

Ils savaient que Belzébuth était à la poursuite de celui qui l'avait capturée de son domicile. Ils étaient certains qu'il éliminerait ce dernier Ébrim. Mais ils n'étaient pas tout à fait convaincus de ce qu'allait décider Gaspar.

Peut-être qu'il était trop tôt pour en arriver à une conclusion. Ils comptaient sur le temps pour faire son travail et espéraient qu'il prenne une décision positive pour son avenir.

– Avez-vous déjà été amoureux de quelqu'un, Albert ?

– Pourquoi, oui je l'ai été dans le passé. Pourquoi me posez-vous cette question ?

– Il semble que ce sentiment soit très puissant, car il perturbe le noyau de la pensée de quelqu'un. Je n'ai jamais senti cela, dit Thomas.

– Vous avez raison, ce n'est plus de l'amour, et je comprends ce que vous dites. L'amour est quelque chose qui apporte le bonheur, il apporte un sentiment d'accomplissement puisque vous vous souciez de quelqu'un d'autre, et c'est réciproque.

Quand quelqu'un est amoureux, il ne cherche pas à blesser l'autre, mais fait plutôt tout dans la positivité et fait confiance au partenaire de leur vie. Les gens qui sont amoureux ont des buts ou objectifs communs provenant du partage de leur amour. C'est comme ça que je le comprends.

– Ce que vous venez de m'expliquer m'aide à mieux comprendre, dit Thomas.

– Ce qu'il ressent actuellement l'emporte vers une émotion négative croissante sur son véritable amour pour elle. Je ne dis pas qu'ils ne s'aiment pas, mais avec cette situation découlant de sa disparition, elle s'est éloignée encore plus loin de lui.

Elle continue d'émettre des émotions négatives. Fait-elle exprès ? Est-ce qu'elle essaie de magnétiser Gaspar vers elle ? Je ne sais pas. Gaspar ne mérite certainement pas cet aboutissement. Ce que nous voyons en ce moment est un Gaspar complètement submergé par ce qu'il ne peut rien faire à ce sujet. Un sentiment de culpabilité s'est accru depuis sa disparition.

– Hum... et si elle revient, comment sera-t-elle en mesure d'expliquer ce qui lui est arrivé et où elle était tout ce temps ?

– Je ne sais pas quoi vous dire Albert. Ce qui permettrait de résoudre le problème serait que, dès qu'elle revient sur Terre, elle se rende immédiatement à la pyramide avec Gaspar. Qu'elle devienne certifiée pure de cœur et que tous les deux se rendent sur Sirius. Pour l'instant, nous devons poursuivre ce que nous avons à faire alors que nous avons encore cette chance.

– Je suis désolé de le dire Thomas, mais je ne veux plus m'engager dans cette histoire. Vous devriez aussi prendre cette décision. Nous ne pouvons rien faire pour l'instant et il y a encore beaucoup de gens qui nous attendent pour se rendre à la pyramide.

Arrivés au pied de la ville, ils se quittèrent, car ils devaient prendre des chemins différents pour se rendre à leur domicile respectif. Deux lueurs de lumière les suivaient au-dessus dans le ciel jusqu'à ce qu'ils arrivent à leur demeure.

Ils avaient planifié un rendez-vous avec de nombreux futurs purs de cœur, le lendemain.

La belle bête et la Bête

Elle ne pouvait pas s'imaginer être séparée de Gaspar pour le reste de sa vie. Anaya se devait de penser rapidement pour trouver une solution. Elle devait devenir suffisamment convaincante envers son ravisseur, pour qu'il la libère. Elle ne pouvait pas admettre que c'était la fin entre elle et Gaspar.

Le cavalier la regarda et lui tendit la broche à cheveux qui était tombée au bord de la route la menant à la ville.

– Voici votre broche. Elle vous appartient.

Quand il lui donna, elle la rejeta immédiatement sur lui.

– Laissez-moi partir ! lui dit-elle.

– Non, je ne vous laisserai jamais partir. Vous appartenez à mon monde.

– Non ! Je ne fais pas partie de votre monde.

– Oui, vous en faites partie. Vous faites partie de notre espèce depuis de nombreuses vies, et je ne suis pas prêt de vous laisser vous déconnecter. Vous avez très bien servi les Ébrim.

Nous avons gardé cette planète sous notre contrôle très longtemps et vos efforts ont été appréciés, mais le travail est loin d'être achevé. Notre objectif est de nous assurer que vos soi-disant amis, y compris votre Gaspar, échouent. Je sais tout sur ce qui se passe sous la prairie. Je suis celui qui a influencé les autorités à construire une église.

Alors qu'il lui confessait ses activités, il changea son apparence physique du cavalier à l'homme politique qu'elle connaissait, et qui appartenait à la haute autorité politique de la ville.

– J'ai l'emploi qui me donne du pouvoir. Et je possède l'extraordinaire talent de convaincre facilement le plus haut niveau des autorités. J'ai créé la crise qui les a tant offensés et qui les força à interrompre toutes les activités à la place publique. L'ordre de tuer tous les pigeons voyageurs vient également de moi. Vous voyez ? Il est très facile pour moi d'influencer les autres. Je sais ce qui se passe Anaya, et vous devez m'aider à les arrêter.

Alors qu'il lui disait toutes ces atrocités, elle se dit en elle-même qu'elle pourrait essayer de le piéger, peut-être en feignant sa coopération afin de s'échapper et revenir sur Terre. Elle était tellement dégoûtée d'entendre ce qu'il venait de lui dire. Elle ressentit que, dans les circonstances, elle n'avait pas d'autre choix que de faire tout son possible pour l'arrêter.

– Que voulez-vous que je fasse ?

– Ah ! Anaya, je savais que votre réelle identité reviendrait à la surface. Il suffisait d'un peu de temps pour vous manifester en ce que vous êtes vraiment.

Comme il en fit la remarque, la voix d'Anaya devint incroyablement criarde et aiguë. Elle ne comprenait pas ce qui venait de se passer. Elle prit progressivement l'apparence d'une méduse.

Elle ne pouvait pas voir son reflet, mais comme la transformation progressait, elle vit que sa peau partout sur ses bras se recouvrait d'une peau de reptile. Des serpents sortirent de sa tête et descendirent sur ses épaules, vibrant leurs langues tout autour de son visage. Ces yeux devinrent tout cristallisés d'un vert très prononcé.

L'Ébrim lui montra en quoi elle était devenue. Elle cria en voyant l'horrible transformation. L'Ébrim avait repris le contrôle de son corps, une fois de plus.

Abandon de Gaspar

Les jours et les mois passèrent et il n'y avait toujours aucun signe d'Anaya. Ayant amplement réfléchi sur tout ce qu'il devait faire, sa solitude, au long de ces derniers mois, lui fit réaliser à quel point il était devenu drainé mentalement et physiquement.

Un jour, il se réveilla avec la conscience que tout ce qui lui était arrivé fit de lui quelqu'un qu'il n'avait jamais été auparavant. Il était devenu un homme désespéré. Il n'était plus le même Gaspar. Il était devenu un autre homme qui s'était isolé de son environnement et qu'il s'actionnait rapidement vers un mode d'autodestruction. C'était la période la plus malheureuse de sa vie.

Son amour pour elle s'évanouit partiellement de son cœur et de ses pensées. Il s'est finalement et très malheureusement soumis à l'indéniable sort dont tous les deux étaient victimes.

Devenu conscient de la faiblesse particulière dont Belzébuth lui avait parlé, il devait revenir à ce qu'il était, afin de se libérer de cette influence émotionnelle si terrible. Il arriva finalement à la conclusion qu'elle devait se rendre, peut-être par un chemin différent du sien, et par le biais éventuel de vies additionnelles sur Terre.

Alors qu'il en est ainsi, se dit-il. *Je ne peux rien faire pour elle.*

Albert et Thomas restèrent toujours positifs, espérant qu'il allait bientôt revenir à ses sens, puisqu'il n'y avait plus rien pour lui donner quelque espoir que ce soit.

Beaucoup de soldats de la ville campaient dans la prairie durant la construction de l'église qui progressait durant l'automne et l'hiver. Mais Albert et Thomas étaient très occupés à emmener davantage de purs de cœur à la pyramide, grâce à l'entrée que Belzébuth leur avait recommandé d'utiliser.

Il est arrivé que le livre n'autorise pas certaines personnes à l'ouvrir. Comme ils n'étaient pas des Ébrim, ils ne furent pas maudits de la Terre et aspirés dans le tourbillon obscur voyageant sans fin à travers le cosmos.

Ils ne cherchèrent pas à empirer leur condition à réessayer, pour voir si cela pouvait fonctionner, puisqu'ils comprirent les règles données avant leur entrée dans la pyramide.

Ensuite, les mécanismes de l'oubli s'exercèrent sur eux pour qu'ils ne puissent pas se souvenir de ce qui s'était passé. Jusqu'à ce qu'ils acquièrent l'état d'esprit qui les guiderait, plus tard, à les ramener à ce moment très précis. Ils seraient alors capables de se le rappeler et reprendre leur chemin pour obtenir la connaissance.

Certains étaient dans une condition de conscience plus élevée que d'autres et pouvaient accéder au livre avant les autres qui l'étaient moins. Le destin du livre était de toujours demeurer à la disposition de chacun, lorsque leur temps était venu.

Après sa période d'ermitage, Gaspar souhaitait toujours au fond de son cœur qu'Anaya lui revienne. Il rejoignit ses amis, quittant tout ce qui l'avait négativement consommé.

Il considéra l'importance de la continuité de cet incroyable voyage et du succès pour la majorité de la population. C'était devenu sa priorité. Il fut témoin de l'histoire périlleuse d'Anaya, ceci étant un sévère exemple de quelqu'un qui s'était retrouvé sur le mauvais côté de la route.

Si la connaissance du livre ne parvenait pas aux personnes, plusieurs d'entre elles pouvaient malheureusement finir comme elle, complètement vulnérables en raison des faiblesses qu'elles possédaient et ne pourraient pas les surmonter. Maintenant que la connaissance était là, offerte, il ne pouvait pas laisser cette occasion s'éclipser.

Le corridor de l'église

La construction de l'église était finalement terminée. Cette imposante structure gisait dans la prairie juste au-dessus de la pyramide.

Une cérémonie à grande échelle fut planifiée, invitant un grand nombre de nobles et d'amis des autorités qui eurent le privilège d'assister à son inauguration. C'était pour eux quelque chose dont la ville avait indéniablement besoin depuis très longtemps.

Les autorités et les dirigeants de l'église imposèrent à toute la population cette obligation de quitter la ville pour se rassembler à la prairie là où serait dévoilée l'annonce triomphale que la construction de ce grand édifice était achevée.

Ils devaient tous rester là debout dans la neige et la boue, alors que les nobles étaient confortablement assis sur des chaises très élégantes et confortables sur une plate-forme spécialement construite pour leur confort.

Personne ne croyait à ce dieu qui était totalement à l'opposé de ce qu'on leur avait dit de toute leur vie. Ils ressentaient que ce dieu leur rendait la vie impossible puisqu'il n'avait jamais répondu à leurs prières pour se débarrasser de ces autorités si cruelles qui les avaient contraints à tant de tyrannies.

Ils n'avaient plus de foi puisqu'ils réalisèrent tous, que tout était fait de mensonges. Ils étaient plutôt impatients d'accéder à la pyramide, comme beaucoup de membres de leurs familles et connaissances l'avaient fait. Ils avaient réussi à obtenir la connaissance.

Le temps devint de plus en plus froid, Albert et Thomas cherchèrent un moyen de connecter un couloir souterrain de l'église vers la pyramide. La neige montait à des hauteurs incroyables et il serait bientôt plus difficile de se rendre à l'entrée qu'ils utilisaient. Il était de plus en plus difficile d'atteindre la pyramide et les traces des pas dans la neige pouvaient susciter des suspicions. L'idée était géniale afin que les gens viennent à l'église et puissent atteindre l'intérieur de la pyramide de cette façon.

La prairie devint déserte car les soldats retournèrent à la ville, peu de temps après la cérémonie d'ouverture officielle. Personne ne se doutait de quelque chose. Et les autorités ainsi que les chefs religieux étaient heureux de constater une soudaine dévotion accrue des gens qui se rendaient à l'église.

Ils ne savaient pas que tout le monde était dégoûté à l'idée de s'y rendre pour adorer quelqu'un qui n'a jamais été là pour eux et n'avait jamais existé. Ils se sentaient plutôt heureux de rester au chaud dans l'édifice jusqu'à ce qu'ils atteignent le lieu ultime où ils pouvaient enfin se libérer de toutes les oppressions qui accablaient leur vie.

Albert, Gaspar et Thomas furent très occupés à creuser un couloir à l'intérieur de l'église pour se connecter à la pyramide. Ils furent également aidés par plusieurs autres purs de cœur. Le travail était ardu, car ils avaient peu d'outils à leur disposition. Mais avec la persévérance, ils réussirent.

Le tunnel fut finalement construit et l'utilisation de l'église comme bouclier, était en effet une très bonne idée. Derrière une énorme peinture de l'esprit saint, accrochée au mur de la sacristie de l'église dissimulait l'entrée du couloir donnant à la pyramide. Il suffisait de la déplacer sur la gauche pour laisser les gens entrer dans le couloir donnant l'accès au corridor pour s'y rendre.

Belzébuth était très heureux de voir qu'ils étaient des hommes toujours aussi déterminés et qui ne cédaient pas facilement aux obstacles qui leur étaient présentés. Il était très heureux de voir qu'ils faisaient en sorte que les choses aillent dans le bon sens.

Il ne s'est pas immiscé dans leur affaire puisqu'ils faisaient avancer les choses comme prévu. Il avait choisi les bonnes personnes pour faire le travail. Albert et Thomas ne l'avaient pas déçu. Il ne pouvait cependant pas dire la même chose à propos de Gaspar.

La volonté

Belzébuth avait toujours un œil sur ses protégés, tout en recherchant des signes de l'ennemi de l'homme s'approchant de la Terre. Le dernier effectua sa mission d'Ébrim au moyen de la possession du corps d'Anaya afin d'influencer négativement le cours des événements.

La lutte se promettait d'être d'une férocité comme pas une puisque non seulement il était le dernier des Ébrim dont Belzébuth devait se débarrasser, mais c'était la garantie de rendre la Terre pour de bon, imperméable à toute autre rencontre de ces méduses sans cervelle.

Anaya était dans un état d'âme irrésolue depuis que son corps était laissé complètement à la merci de son ravisseur. Elle voulait s'éloigner de lui à tout prix, mais rien ne pouvait être fait jusqu'à ce que l'objet numérique argenté se détache de la tête de son ennemi. Quand il se retira de son corps, elle lui réaffirma qu'elle ne renoncerait jamais à aimer Gaspar.

Debout devant lui, malgré le fait qu'elle n'était pas très grande, elle ne craignait pas de lui faire face et lui réaffirmer ses sentiments envers Gaspar :

– Je ne cesserai jamais d'aimer Gaspar. Vous pouvez tout essayer, mais vous ne réussirez jamais. Vous m'entendez ? Vous ne réussirez jamais ! Je jure que ce que vous me forcez à endurer ne durera pas. Je sais que quelqu'un est à votre recherche. Vous serez affligé par les mêmes malédictions irréversibles que d'autres monstres comme vous avez subies. Vous n'avez aucune chance de réussir. Je vous le promets ! Laissez-moi partir !

– Êtes-vous devenue folle, vous ne réalisez pas ce que je vous ai offert ! Vous êtes comme eux, juste une bande de crânes inutiles et vides !

Savez-vous que Gaspar est beaucoup plus consciemment avancé que vous ne l'êtes ? Vous n'avez aucune compatibilité avec lui. Votre conscience est au printemps, alors qu'il est bien avancé dans l'hiver.

Écoutez-moi Anaya, VOUS N'ÊTES PAS faits pour être ensemble ! lui dit-il furieusement.

Elle leva ses mains devant lui en prédisant que quelque chose de terrible était sur le point de se dévoiler. Il était très puissant et elle reconnut sur les signes de son visage qu'il était sur le point de faire quelque chose qu'elle allait regretter.

– Non, non ! Nooooooooooooooooooooooon ! cria-t-elle, en essayant d'éviter ce qu'il était sur le point de lui imposer.

Le cavalier se métamorphosa à son apparence d'origine et devint le gros monstre blanc avec ses nombreux et longs tentacules. Il émana des étincelles de feu ciblant le corps d'Anaya pour provoquer une sensation d'engourdissement.

Elle en était dégoûtée, mais devint à la fois beaucoup plus motivée et déterminée à revenir vers Gaspar. Elle retint son souffle et couvrit son visage. Elle ne pouvait rien faire pour l'éviter. Elle s'évanouit à la suite de cette force qui la propulsa au sol.

Le démon l'attrapa rudement et la souleva et se rendit vers la fenêtre. Il avait réussi à prendre le contrôle de son corps une fois de plus. C'était la seule façon possible dont il pouvait s'en servir encore pour exercer un contrôle sur elle.

Malgré toutes les tentatives qu'il avait faites depuis qu'il l'avait kidnappée de la Terre, il n'avait jamais été assez convaincant afin de la persuader de renoncer à l'idée de ne plus jamais revoir Gaspar.

Anaya, tout en étant complètement engourdie, revint consciente de chacun de ses mouvements. Elle n'avait pas encore le pouvoir de lire dans son esprit comme les autres purs de cœur en étaient capables.

À ce stade de sa vie, elle ne se soucia plus de l'idée d'être tuée, puisqu'elle savait au fond d'elle-même que l'abandon de son corps signifierait qu'elle pouvait se libérer du monstre, espérant alors être en mesure de revenir sur Terre.

Pendant combien de temps resterait-elle dans cet état avant que l'Ébrim renonce à cette impossible union ? Elle espérait que ce soit de courte durée, et que son état d'inertie se termine rapidement.

Elle conclut que si elle devait recommencer une nouvelle vie sur la Terre, ce ne serait rien à comparer avec ce qu'elle avait souffert. Elle s'éleva au-dessus de ses faiblesses et en dépit de son corps à la merci de ce monstre, elle ressentit qu'un changement positif se manifestait en elle.

Elle réalisa qu'elle pouvait quitter son corps, sachant que cela lui donnerait une liberté qu'elle n'avait imaginée que dans ses rêves. Elle se retira lentement mais sûrement de son corps. Elle ressentit que l'étreinte ressentie, entourant son corps, se dénouait progressivement.

Un flash d'or de sa silhouette s'éleva vers le plafond. Elle vit son corps devenir sans vie. Elle sentit les derniers battements de son cœur et la dernière de ses larmes couler sur son visage devenu très pâle. L'Ébrim l'avait perdue. Il ne pouvait plus rien faire contre sa volonté puisqu'elle s'était libérée de la prison physique qui la forçait toujours à demeurer l'otage de tous ces malheureux événements engendrés par les Ébrim.

Elle jeta un dernier regard à la scène avec un sentiment de perte de sa vie physique comme elle la connaissait. Mais comme elle ne pouvait pas opter pour un autre choix afin de se libérer, elle était heureuse de pouvoir tout quitter sans regret ce qu'elle chérissait auparavant. Sa force d'esprit lui permettait de se retirer de l'état dans lequel elle se trouvait auparavant depuis tant de vies.

Elle sortit de la pièce comme s'il n'y avait rien entre elle et l'extérieur des murs de la tourelle du château. Elle s'éloigna immédiatement de l'île flottante pour disparaitre dans l'obscurité.

Elle regarda ensuite tout autour et comprit qu'elle était dans un environnement qui lui était complètement inconnu. Beaucoup de météores et d'objets tourbillonnaient autour d'elle provenant d'une immense mer de poussière. Elle ne pouvait pas s'orienter car rien n'indiquait ce qu'elle pourrait reconnaitre comme point de repère. Tout autour d'elle se peignait d'une immense froideur. Elle distingua de brillantes créatures semblables à son ex-capteur qui flottaient lentement dans ce sinistre environnement.

Elle n'arrêta pas de se glisser loin de tout, jusqu'à ce qu'elle aperçoive quelque chose de lumineux à distance.

Est-ce possible que ce soit la Terre ? se demanda-t-elle.

Elle espérait trouver Gaspar et tout lui dire sur ce qui s'était passé. Tout ce dont elle avait renoncé pour le rejoindre, la perte de son corps étant le prix à payer pour être avec lui.

Elle voulait qu'il l'attende. Le temps qu'elle reprenne une autre vie humaine et qu'ils se rejoignent à nouveau. Serait-il suffisamment patient pour lui dire qu'il l'attendrait ? Est-ce que son amour pour elle était assez fort et inébranlable pour qu'il l'attende ?

Tout autour d'elle devint beaucoup plus lumineux et il y avait de plus en plus de vives étoiles tout autour. Tout un contraste de ce qu'elle venait tout juste de quitter.

Elle s'en rapprocha espérant se joindre à ses semblables, il n'y avait rien de semblable à ce qu'elle s'attendait de voir. Parmi toutes ces étoiles, cela devint plus clair, c'était un pulsar.

Le pouvoir de changer son destin

Son amour pour Gaspar s'était transformé. Anaya devenait de plus en plus déterminée, alors qu'elle voyageait à travers le cosmos pour retrouver la Terre. C'était la seule chose à laquelle elle s'était accrochée et qui l'encourageait à continuer de l'avant pour ne jamais revenir à tout ce qu'elle avait vécu. Elle prédisait être enfin heureuse pour une prochaine vie éternelle avec Gaspar.

Elle quitta l'environnement du pulsar et tenta de voler dans différentes directions espérant retrouver sa planète.

Belzébuth apparut devant elle, mais il n'avait plus la même apparence de celle qu'il avait sur la Terre. Il était un être très lumineux. Même si elle ne pouvait le reconnaitre, elle ne ressentit aucune crainte en sa présence. C'était la première fois que Belzébuth montrait sa véritable apparence en face de quelqu'un qui était à l'extérieur de Sirius.

– Anaya, vous voilà ! dit Belzébuth

– Qui êtes-vous ? dit-elle, très surprise que cette entité l'ait reconnue.

– C'est moi, Belzébuth. J'étais à votre recherche. Vous avez quitté votre corps. Où l'avez-vous quitté ? Comment êtes-vous arrivée ici ?

– Vous êtes si différent de ce dont je me souviens.

– C'est ainsi que je suis, Anaya.

Ses grandes ailes noires et l'apparence physique humaine ne faisaient plus partie de son image. Il se présenta dans une sphère lumineuse, très brillante. Elle pouvait cependant encore distinguer ses très grands yeux noirs si perçants. Mais il n'avait plus les caractéristiques physiques de la peau et des os. Rassurée qu'il fût vraiment celui qu'il disait qu'il était, elle commença à lui raconter ce qui s'est passé.

– Ce monstre m'a capturée chez moi. Il m'a entraînée dans une zone du cosmos dans laquelle je n'inviterais jamais personne à s'y rendre. C'était tellement dégradant d'être emprisonnée dans cet environnement. Le cavalier est celui qui m'a enlevée. Ma seule issue possible était de me départir de mon corps pour m'éloigner de lui.

Elle lui dit tout, les fois où elle avait tenté de s'enfuir, ce qu'il avait l'intention de faire d'elle, les nombreuses promesses de vivre une vie éternelle, ses promesses d'avoir une luxueuse abondance dont les humains étaient toujours assoiffés de s'enquérir.

Il lui avait dit aussi qu'elle ne cadrait pas avec le niveau de conscience de Gaspar. Le cavalier avait fait tout son possible pour la persuader qu'elle devait se rendre à cette évidence et accepter le fait que sa réunification avec Gaspar était complètement impossible.

Elle avait triomphé sur sa peur de la mort. Cependant, elle devait se garder éloignée de la Terre jusqu'à ce qu'elle soit en mesure d'annuler toute possibilité d'influence de l'Ébrim. S'approprier d'un autre corps pouvait à nouveau lui tendre un piège. Le dernier objet argenté devait d'abord être détruit.

– Vous ne pouvez pas immédiatement revenir sur Terre. Venez avec moi, nous devons retrouver votre corps et vous devez le réintégrer.

Ils passèrent à travers toutes les roches et les météorites tourbillonnant autour d'eux jusqu'à ce qu'ils arrivent sur l'île flottante où se trouvait le château.

Tout était sombre, sauf la lumière qui provenait de la fenêtre de la tourelle. Ils passèrent à travers ses murs de celle-ci où Anaya avait laissé son corps à son ravisseur.

Ils voyaient l'Ébrim dans sa forme originale, ce grand être blanc qui gardait toujours une emprise sur le corps d'Anaya. Une vapeur blanche sortit de sa bouche et son cœur se mit à battre de nouveau. Le corps d'Anaya était revenu à la vie. L'Ébrim prenait possession de son corps.

Belzébuth attrapa l'Ébrim par le cou. Il savait que la méduse allait bientôt s'emparer du corps et ainsi gagner de la force.

– Pas maintenant Belzébuth ! cria la méduse qui se

matérialisait.

Son corps devint plus grand et plus puissant, elle avait deux fois la taille de Belzébuth et elle émettait des sons stridents.

– Jamais Belzébuth ! Vous et le livre n'avez aucune chance de réussir. Vous perdez votre temps. Vous n'obtiendrez jamais ce que vous voulez. Anaya va me revenir quand elle verra ce qui se passe sur sa planète. Tous les humains sont condamnés.

En entendant cela, Anaya ressentit un sentiment de panique. Qu'est-ce qui se passe sur Terre ? Pourquoi la méduse était-elle si catégorique dans ce qu'elle venait de dire ?

Sans hésitation, elle s'envola des remparts de la tourelle du château pour trouver son chemin vers la Terre et localiser Gaspar.

L'Ébrim était loin de vouloir renoncer à sa poursuite et d'abandonner le corps d'Anaya pour le remettre à Belzébuth. Il savait que cela le mènerait à un état misérable, qu'il voulait éviter à tout prix.

Il était le dernier des Ébrim qui pouvait encore se rendre sur la Terre avec l'intention opiniâtre de submerger tous les humains restant qui n'avaient pas encore obtenu l'information du livre.

Son objectif était de condamner ces derniers à retourner à l'âge des ténèbres. Il se voulait l'obstacle à toutes tentatives pour quiconque voulant atteindre le livre. Il ne pouvait pas le détruire, mais il envisageait de faire en sorte de pouvoir le cacher aux humains.

Pour atteindre son but, il avait besoin de garder le corps d'Anaya intact et l'utiliser pour apparaitre sur Terre et se servir de son charme et de sa beauté.

Belzébuth était conscient qu'Anaya avait quitté le cachot. Il fallait qu'il fasse vite pour l'empêcher d'atteindre l'atmosphère terrestre. Il y avait quelque chose dont elle n'était pas au courant qui pouvait créer beaucoup de ravage entre elle et Gaspar.

N'étant toujours pas une pure de cœur depuis qu'elle s'était départie de son corps, elle s'exposait à l'oubli complet de ses vies antérieures incluant la présente. Toutes ses bonnes intentions à joindre Gaspar seraient toutes en vain. Belzébuth se devait à tout prix de l'empêcher d'arriver à la Terre.

Même si Belzébuth pouvait lui remettre son corps imperméable à l'Ébrim, qu'elle puisse réintégrer, elle ne pourrait plus se rappeler de Gaspar. Elle ne pourrait plus se souvenir de ce qu'elle voulait faire, comme de se rendre à la pyramide afin de devenir une pure de cœur. Et quitter la Terre en compagnie de son amoureux pour se rendre à Sirius.

Il abandonna la méduse, la laissa tomber sur le sol et s'envola pour localiser Anaya.

La méduse se mit à le suivre à distance et elle reprit l'apparence Ébrim dès qu'il se trouva dans l'orbite de la Terre. Il s'arrêta un instant puisqu'il était très curieux de voir ce qui allait se dérouler entre Belzébuth et Anaya.

Belzébuth l'arrêta à temps avant qu'elle entre dans la stratosphère de la Terre et qu'ensuite elle fasse son entrée dans l'atmosphère.

L'Ébrim s'arrêta un instant, le temps de reprendre l'apparence d'Anaya. Heureux de l'avoir dupée et conséquemment qu'elle tombe dans le piège qu'il lui avait si sournoisement tendu, il fit en sorte qu'elle soit au désespoir.

Témoin de ce qui venait de se passer entre elle et Belzébuth, en s'éloignant de l'orbite de la planète, il fit sa descente vers la Terre.

La prémonition

Belzébuth lança à Anaya, cet esprit si vulnérable, un rayon très puissant de lumière qui l'empêcha de descendre plus loin vers la Terre.

– N'essayez pas de vous en approcher. Le destin que vous désirez avoir pourrait se terminer ici et maintenant. Si vous vous déplacez vers la Terre, vous oublierez tout à propos de Gaspar et de vos vies antérieures. Me comprenez-vous ?

Alors qu'il lui donnait ses avertissements, il vit le corps d'Anaya descendre vers la Terre.

– Venez avec moi, je vais devoir vous localiser dans un endroit sûr où vous devrez attendre mon retour. Soyez prête à tout. Le temps et l'espace ne sont plus d'une grande importance pour le moment. Il y a seulement un objectif à atteindre, c'est que vous vous rendiez au livre.

Un orbe apparut et elle se trouva soudainement à l'intérieur de celui-ci. C'était la protection dont elle avait besoin. Elle ne pouvait pas sortir de cet orbe d'elle-même.

Belzébuth la quitta et descendit rapidement vers la Terre. Il devait capturer l'Ébrim juste à temps avant qu'une épouvantable catastrophe se concrétise.

Le cavalier arriva à la pyramide et s'affairait, bousculant toutes les personnes sur son chemin qui faisaient leur entrée dans l'église pour se rendre à la pyramide, afin de localiser les trois alchimistes.

Il avait l'intention de détruire la pyramide et tout le monde à l'intérieur.

Il fit son apparition en tant qu'Anaya toujours vêtue de sa robe de nuit, suppliant les gens de lui dire où il se trouvait :

– S'il vous plait, dites-moi où je peux trouver Gaspar.

Quelque personnes parmi la foule pointèrent où Gaspar se trouvait et elle courut vers lui.

– Gaspar, mon amour, c'est moi. Je suis vivante. J'ai dû me cacher très longtemps, j'étais si effrayée d'être capturée par le cavalier. Pardonnez-moi de ne pas vous avoir fait signe auparavant. J'ai réussi, Gaspar. Je suis ici ! Je veux me rendre au livre avant qu'il ne soit trop tard !

Gaspar devint très pâle, complètement incrédule. Après tout ce temps, Anaya était de retour dans ses bras.

– Mon amour, dit-il, vous êtes de retour !

Gaspar, devenu dupe par son amour aveugle, lui tendit la main et ils coururent tous les deux aussi vite qu'ils le pouvaient, faisant leur chemin pour prendre de l'avance et être les premiers à entrer dans le couloir donnant à l'entrée de la pyramide.

Albert et Thomas tentèrent de l'arrêter, craignant que le pire soit sur le point de se produire. Ils n'avaient plus aucune confiance en Anaya. Disparue depuis si longtemps sans laisser de traces, c'était impossible pour eux de concevoir que ce soit Anaya. C'est ce qu'ils ressentaient.

– Arrêtez Gaspar !

Les deux hommes le lui crièrent sans arrêt, espérant qu'il les écoute.

Belzébuth détecta la présence de l'Ébrim et entra dans la pyramide en un éclair.

Son corps tout entier surpassait la luminosité de tout l'intérieur de la pyramide, montrant comment il était magnifique à regarder. L'Ébrim ne fut cependant pas surpris par son arrivée.

– Je vous attendais Belzébuth. Pourquoi ne pas nous contenter de quelque chose de plus fructueux que l'hostilité que nous éprouvons l'un contre l'autre ? dit-il calmement avec une voix de crissement progressive, à mesure qu'il se métamorphosait en une méduse avec des serpents qui sortaient de sa tête et la peau de reptile couvrant rapidement toute la surface de son corps.

Il essayait de distraire Belzébuth tout en gagnant de la force pour la bataille éventuelle.

Gaspar s'éloigna d'elle, de nouveau horrifié par l'événement qui s'apprêtait à devenir de plus en plus menaçant pour tous.

– Ce n'est pas susceptible de se produire Ébrim. Vous êtes le dernier à vous tenir sur cette Terre et vous allez payer pour ce que vous avez fait. Votre tentative de détruire cette civilisation et la faire à nouveau glisser dans l'oubli, ne se produira pas cette fois-ci.

Votre temps est fini. Ils ont assez souffert. Votre destin n'appartient pas à ce monde. Vous êtes arrivé au dernier stade de votre existence et tous pourront témoigner de ce grand événement.

Belzébuth s'avança vers la méduse et la saisit par le cou. Il devait obtenir l'objet argenté de son front qui permettrait au corps d'Anaya de réapparaitre.

Le sol commença à trembler et des rayons de lumière très puissants jaillissaient tout autour et à l'intérieur de la pyramide et de l'église. Tout éblouissait d'une telle puissance que tous les habitants de la ville se réveillèrent.

Plusieurs d'entre eux coururent vers la prairie, s'approprièrent de torches enflammées pour se frayer un chemin afin de voir ce qui se passait.

Arrivés à la fin de la ruelle donnant sur la prairie, ils virent une énorme entité blanche avec de longs tentacules aspirée dans un tunnel sombre et tourbillonnant dans laquelle elle disparut dans le ciel nocturne. Belzébuth fit alors sa sortie de l'église.

Tous les gens regardaient l'être qu'ils ne pouvaient pas identifier, mais qui était si majestueux avec ses énormes ailes noires émettant une très forte et aveuglante lumière partout dans la prairie. Il tenait le corps d'une femme inerte dans ses bras très musclés, puis il disparut en un éclair avec elle.

Pour la première fois, à l'exception des trois alchimistes et d'Anaya, tous à l'intérieur et à l'extérieur de la pyramide avaient vu l'Ange de la science et de la connaissance. C'était un jour qu'ils n'étaient pas prêts d'oublier.

La véritable entité qu'était Anaya

Belzébuth s'envola très loin dans le cosmos pour remettre le corps qui appartenait à Anaya, lui donnant une chance de rédemption. La méritait-elle vraiment ? Belzébuth pensait que oui.

Tous ces événements lui permirent de mettre fin à ses combats contre son ennemi numéro un, une fois pour toutes. Le déséquilibre qui hantait Anaya lui permit de se débarrasser du dernier des Ébrim.

Il arriva à l'orbe où elle l'attendait. Il y entra et déposa le corps devant elle, lui disant qu'il lui appartenait et qu'elle pouvait le réintégrer en toute sécurité. Ce qu'elle fit immédiatement. Il l'invita par la suite à le suivre.

– Allons-y ! Je vais vous guider en toute sécurité vers Gaspar.

Ils s'envolèrent vers la Terre et entrèrent silencieusement dans la pyramide.

Gaspar était tout furieux contre lui-même, ayant été une fois de plus dupé par l'Ébrim. Ne pourrait-il jamais sortir de ce cauchemar que l'Anaya dont il était si amoureux n'était pas l'Anaya qu'il avait vue ? Il était sur le point de le savoir.

Malgré cet événement des plus menaçants et à la fois des plus extraordinaires, Albert et Thomas se remirent à permettre l'obtention des connaissances du livre aux gens qu'ils avaient invités.

Après que le dernier des purs de cœur ait quitté les lieux, les trois alchimistes restèrent dans la pyramide et discutèrent du combat entre Belzébuth et l'Ébrim. Ils réalisèrent combien il en fallut de peu pour constater la destruction de la pyramide et de tous les gens qui se trouvaient à l'intérieur.

Gaspar demeura silencieux un certain temps, puis s'est sincèrement excusé auprès de Thomas et Albert. Il leur avoua qu'il était toujours en amour avec elle, malgré les difficultés que leur relation leur avait apportées.

Il se leva devant eux et leur dit qu'en dépit d'être une personne très facile à duper, que quelque chose de très fort à l'intérieur de lui, ne cessait de répéter qu'il était impossible que cela finisse de cette façon. Il était convaincu qu'ils se réuniraient à nouveau, peut-être pas nécessairement dans cette vie-ci, mais il n'avait aucun doute que cela allait se produire. Elle était la seule et la seule qu'il voulait vraiment aimer.

Albert et Thomas n'étaient pas très impressionnés de ce qu'ils venaient d'entendre. C'en était assez pour la journée. Et quand Thomas se pencha vers la table pour ramasser le livre, il leva les yeux, et vit Belzébuth et Anaya debout en face de lui.

Thomas resta silencieux, les yeux sur le point de lui sortir de la tête.

– Ne vous inquiétez pas, c'est la vraie Anaya.

Belzébuth lui dit alors de remettre le livre sur la table.

Thomas comprit ce qu'il devait faire.

Il invita Anaya à s'asseoir à la table et d'ouvrir le livre.

– Vous savez ce que vous devez faire. Si le livre ne vous permet pas de l'ouvrir, retirez-vous de la table immédiatement. Ne tentez pas de l'ouvrir. Vous comprenez ? dit Thomas.

– Oui, je comprends, répondit-elle.

Elle regarda le livre pendant un moment, puis elle entendit le bruit de crépitement venant du livre. Elle prit une profonde inspiration et enfin, avec ses mains tremblantes, le toucha et ouvrit sa couverture.

Gaspar entendit le son du crépitement et se dirigea vers la table cherchant à savoir qui était en présence de Thomas, d'Albert ainsi que de Belzébuth.

De loin, il cessa brusquement sa marche quand il reconnut la silhouette du dos d'une femme vêtue d'une robe de nuit avec des cheveux bruns bouclés descendant sur son dos. Volant au-dessus de sa tête, il vit deux minuscules colombes blanches avec des ailes noires s'envoler et disparaitre dans l'air.

Les mots caressaient le visage d'Anaya alors qu'elle tournait les pages du livre. Elle continua à se concentrer sur ce qu'elle lisait. Des larmes de joie coulèrent le long de ses joues. Elle prenait son temps. Elle était tellement reconnaissante d'enfin pouvoir affirmer qu'elle était en mesure d'accéder à ce livre. Elle avait tout risqué pour arriver à ce point.

Le seul bruit qui se faisait entendre dans toute l'immensité de la pyramide était le mouvement de sa main lorsqu'elle tournait les pages.

Elle arriva finalement à la dernière page et ferma le livre. Elle avait terminé sa lecture.

– Très bien Anaya, déclara Thomas. Vous êtes maintenant certifié être une pure de cœur !

Elle ressentit un grand sentiment de soulagement. Elle vivait finalement ce qui était plus qu'un rêve. Elle se leva de sa chaise et quitta la table. Elle n'avait d'yeux que pour une personne qu'elle n'avait pas encore vue depuis qu'elle était entrée dans la pyramide.

Quand elle le repéra, elle courut en sa direction et cria qu'elle avait réussi !

– J'ai réussi Gaspar ! Je suis une pure de cœur comme vous !

Il comprit que cette fois, c'était vrai.

Ils s'embrassèrent passionnément pendant un long moment, puis, Gaspar l'invita à se tenir devant une des entrées de l'un des couloirs de la pyramide. Lui souriant, il la prit dans ses bras, se dirigea vers le couloir et tous les deux y entrèrent. Deux sphères lumineuses flottaient au-dessus d'eux. Ils partirent pour Sirius pour ne plus jamais revenir sur Terre.

Albert et Thomas regardèrent l'événement magique qui venait de se dérouler. Ils étaient contents pour leur ami Gaspar qui était enfin heureux et qu'Anaya avait atteint la conscience nécessaire pour obtenir la connaissance du livre.

Beaucoup de gens encore devaient accéder au livre, mais ce qui avait été accompli jusqu'à présent identifiait un grand nombre de gens qui avaient gagné la connaissance. La plupart d'entre eux, heureux de cette réalisation, terminèrent ce qu'ils voulaient faire sur Terre, puis quittèrent pour Sirius.

Thomas et Albert regardèrent tout autour et Belzébuth n'y était plus.

Thomas prit le livre, il le déposa dans son sac qu'il mit à son épaule. Puis tous deux quittèrent les lieux par la porte d'entrée de l'église, ne se doutant pas qu'une foule s'était rassemblée en face d'elle.

Exposés par les torches enflammées, des centaines de curieux se tenaient à l'extérieur devant l'église. Ils restèrent silencieux en attendant de voir qui d'autre se présenterait à la sortie de l'église. Ils s'interrogeaient sur ce qui venait de se passer dans la prairie. Ils ne voulaient plus quitter la place, et cela, jusqu'à ce qu'ils obtiennent des réponses à leurs questions.

Albert et Thomas devaient être très prudents et brillants afin de leur expliquer ce qu'il en était, sans pour autant inviter le scepticisme.

Des questions embarrassantes

Lorsqu'ils apparurent à la sortie de l'église, le silence céda la place à un bombardement de questions.

– Qu'est-ce qui s'est passé à l'intérieur ? Nous avons senti la terre trembler.

– Nous avons vu beaucoup de la lumière provenant de l'église éclairant le ciel tout entier.

– Nous avons vu cet être aux ailes noires qui tenait une femme complètement inanimée dans ses bras, mais qu'est-ce qui se passe ?

– Vous n'avez pas à craindre quoi que ce soit, dit Albert, qui décida de prendre la parole pour les rassurer, car ils n'étaient pas en danger.

Il savait qu'il était respecté par la plupart des gens. Il était reconnu comme l'alchimiste le plus expérimenté de la ville. Mais il ne réussit pas à convaincre personne que ce n'était pas quelque chose dont ils devaient se préoccuper. Cet événement avait été observé par trop de témoins pour être ignoré.

– Quoi ? Pensez-vous que nous sommes nigauds ? Albert, la secousse terrestre nous a tous réveillés ! Ce n'est pas un événement naturel et cela ne s'est jamais produit avant. Qui était cet étrange homme qui tenait une femme dans ses bras ? Nous l'avons vu disparaitre dans le ciel. Nous voulons savoir ce qui s'est passé !

De plus en plus de personnes s'étaient rassemblées autour d'eux et devenaient de plus en plus en colère par ce qu'il venait de leur dire. Albert était à court d'arguments.

Thomas était en communication avec lui de façon télépathique. Ils échangeaient leurs pensées sur ce qui serait la meilleure chose à dire pour les convaincre que l'événement qui venait de se passer n'était pas vraiment important.

Ils devaient agir rapidement puisqu'on entendait le galop des chevaux se rapprocher. Plusieurs torches enflammées avançaient dans la ruelle. Les autorités politiques et religieuses firent leur chemin à travers la foule et s'imposèrent devant les deux hommes.

– Que faisiez-vous dans l'église à cette heure tardive ? demanda un des représentants de l'autorité supérieure.

Les gens demandaient qu'Albert et Thomas leur disent la vérité et avec la présence des autorités, ils ne pouvaient pas s'échapper. Ils devaient dévoiler ce qu'ils faisaient à cet endroit.

Les deux alchimistes savaient que, quelle que soit la réponse qu'ils donneraient, ils se dirigeaient vers les ennuis. Ils savaient ce qui était arrivé à d'autres alchimistes capturés par les autorités et qui avaient été jugés sous de fausses accusations.

Ils allaient certainement, eux aussi, être jugés comme étant des sorciers maléfiques. Avec toutes les superstitions, les croyances et les mensonges de l'époque qui s'étaient temporairement calmés depuis un certain temps, tout cela referait surface en très peu de temps.

Ils décidèrent de ne rien dire.

Les autorités ont alors ordonné à quelques-uns de leurs soldats d'entrer dans l'église et d'inspecter toute la zone pour voir s'il y avait des signes d'activités suspectes. Ils fouillèrent partout dans l'église, regardèrent partout et ne trouvèrent rien. Ils revinrent, disant aux autorités supérieures qu'ils n'avaient rien trouvé.

L'un des soldats était un pur de cœur à l'insu de ses supérieurs. Il influença les autres soldats à réaliser qu'ils étaient essentiellement en train de commettre un sacrilège des plus impensables, envahissant cet endroit sacré de leur religion et qu'ils influençaient négativement l'humeur de leur dieu. Il les persuada de sortir de l'église.

Albert et Thomas le reconnurent car il s'imposa devant les autres soldats. Il se tint devant les autorités pour leur certifier que rien n'avait été trouvé suspicieux à l'intérieur.

Il devrait, par la suite, retrouver le soldat qu'il avait durement assommé pour prendre ses vêtements et l'emmener à la pyramide pour lui faire lire le livre. S'ils souhaitaient que tout demeure secret, c'est ce qu'ils devaient faire, ils n'avaient pas d'autre choix. Le pur de cœur n'était pas un soldat, mais il était en devoir ce soir-là.

Ne pouvant rien dire d'autre, les représentants des hautes autorités ordonnèrent à tous de quitter la prairie et mirent en garde Thomas et Albert que ça ne s'arrêterait pas là.

Ils avaient déjà entendu dire qu'il y avait certaines activités suspectes qui se produisaient dans la prairie. Cette information provenait du cavalier qui s'était métamorphosé en un politicien dont il avait saisi le corps, et qui faisait partie de l'autorité. Il les avait beaucoup influencé.

Mais il n'était certainement plus le « témoin » officiel, sur qui ils pouvaient compter pour ballonner les accusations sans fondement, pour témoigner devant un juge. C'était un très grand avantage pour Thomas et Albert contre l'autorité.

Les autorités ordonnèrent à l'un des soldats d'escorter les deux alchimistes à la sortie de la prairie, puis jusqu'à ce qu'ils atteignent leurs maisons. Une fois de plus, ils eurent de la chance, puisque c'était le soldat pur de cœur (et déguisé) qui resta derrière avec eux.

Ils attendirent un peu, le temps que la foule se disperse complètement. Ils atteignirent la ville avant de tenter de localiser le soldat qu'il avait assommé et réduit au silence. Il fallait l'amener à la pyramide.

On devait lui dire la vérité et entrer dans la pyramide pour qu'il se rende au livre. C'était le seul moyen de se sauver d'une terrible adversité.

Toutes les torches enflammées s'éteignirent finalement de l'horizon, le pur de cœur les conduisit au soldat qui se trouvait toujours dans un état d'inconscience. Il avait été très durement cogné. Ils le trainèrent à l'intérieur de l'église et entrèrent dans le couloir menant à la pyramide.

Ils le ramenèrent à la conscience et invitèrent l'homme à s'approcher de la table après l'avoir informé de ce qui se passait vraiment à l'église et qu'ils ne pouvaient pas se permettre que ce soit connu par les autorités.

Le soldat était un homme brillant et était tout émerveillé de voir qu'un tel endroit si énorme et impressionnant pouvait exister sous l'église. Il ne comprenait pas pourquoi rien ne pouvait être divulgué à quiconque à l'extérieur du groupe.

Il accepta de se soumettre aux conditions avant de s'asseoir devant le livre et il était prêt à faire sa première et unique tentative pour obtenir la connaissance.

Albert, Thomas et le pur de cœur espéraient que cela fonctionne et heureusement pour eux, tout s'est bien passé. Ils entendirent le crépitement à la seconde où il s'assit devant le livre. Et aussitôt qu'il l'ouvrit, la même chose se produisit comme à beaucoup d'autres. Il était aussi un pur de cœur.

Le soldat devint un allié très précieux pour les alchimistes puisqu'il pouvait avoir un œil sur les prochaines décisions et actions que les autorités pouvaient prendre contre Albert et Thomas. Il leur promit qu'il les alerterait aussitôt qu'il soupçonnerait que quelque chose se manigance contre eux. Ils se sentirent en sécurité… pour le moment.

Les parents de Gaspar

Thomas et Albert étaient très heureux d'avoir trouvé un autre allié. Il s'appelait David. Il les affectionnait et contribuerait à la continuité de l'acquisition de la connaissance, mais en le faisant à sa manière.

Basé sur sa récente expérience qu'il qualifiait d'incroyable, il voulait que le reste de ceux qui pouvaient avoir accès à la connaissance puisse réussir. Il ne voyait plus la vie de la même manière. Il était revenu à sa propre identité.

En plus de travailler pour les autorités et les membres supérieurs politiques, il vivait à proximité de leurs quartiers d'habitation.

Peu de temps après leur rencontre à la prairie, David effectua plusieurs visites à la maison de Thomas pour les informer des activités des autorités. Il les mit en garde que quelque chose se préparait et qu'ils devaient sérieusement réfléchir sur ce qu'ils devaient faire avant de poursuivre leur activité.

La ville se vidait mystérieusement. Davantage de personnes partaient pour Sirius et les autorités étaient très préoccupées de voir leur revenu se réduire. Ils devaient savoir ce qui causait tant de disparitions inexplicables et connaitre le pourquoi.

Il n'y avait pas de propagation des maladies comme avant. Ils avaient réussi à se débarrasser des rats qui infectaient les humains, en réintégrant des chats. Depuis, la ville resta sans infections mortelles. Les grains étaient conservés en toute sécurité. Les autorités de l'époque reconnurent ces chats comme étant les sauveurs, alors, ils les laissèrent prospérer et continuer leur bon travail.

Avant les derniers évènements, la population augmentait, car les gens se trouvaient en meilleure santé.

La question était : qu'est-ce qui faisait disparaitre les gens de la surface de la Terre ? Ils demandèrent une enquête plus approfondie pour obtenir la réponse. C'était une grande préoccupation pour eux et ils planifiaient de scruter plus en détail les activités des alchimistes.

Gaspar étant une des dernières disparitions soudaines, ses parents devinrent très inquiets et cherchèrent les explications auprès de ses deux amis. Ils s'attendaient à ce qu'il finisse un jour par les quitter. Ils savaient que Gaspar était devenu un pur de cœur, mais son départ si soudain les avait laissés très perplexes, se demandant pourquoi il les avait quittés sans leur dire au revoir.

Ils s'attendaient à ce qu'il parte, mais pas aussi rapidement. Auparavant, ils avaient reçu l'invitation de leur fils unique d'aller à la pyramide, mais ils ne s'y étaient jamais rendus. Gaspar avait toujours respecté leur décision. Il comprenait qu'ils n'étaient pas prêts, mais il avait toujours gardé espoir de voir le jour où cela se produirait. Il leur avait toujours dit que c'était la meilleure chose qui pouvait leur arriver.

Albert et Thomas se rendirent à leur domicile. Ils voulaient que le souhait de Gaspar se réalise. Ses parents devaient savoir ce que cette transformation signifiait, non seulement pour leur fils, mais pour tous, les incluant. Ils pourraient, par la suite, le rejoindre. Après tout, Gaspar avait peut-être disparu de la Terre, mais pas de la vie.

Après les avoir accueillis, ils les invitèrent à se rendre dans la cour et ils s'installèrent dans le belvédère que leur fils aimait tant.

— Je sais où se trouve votre fils, dit Thomas.

— Où est-il ? demandèrent en même temps les deux parents surpris par cette affirmation.

— Il est retourné sur Sirius avec Anaya.

Les deux parents se sentirent rassurés et la mère de Thomas serra la main de son époux lorsque Thomas leur confirma qu'il avait effectué sa démarche vers la quête de l'illumination. Ils se souvenaient que Gaspar leur avait dit qu'il allait l'entamer un de ces jours.

— Je me souviens qu'il m'a mentionné cet endroit plus d'une fois, ainsi qu'à son père, dit-elle.

– Qu'y a-t-il de si extraordinaire à cet endroit ? Pouvons-nous y aller ? Est-ce très loin d'ici ? Je dois dire que mon Gaspar est devenu un homme changé et pour le mieux, dit son père.

– Vous devrez vous y rendre pour tout comprendre. Je suis ici pour vous dire que Gaspar a toujours souhaité que vous obteniez l'information du livre.

En se regardant dans les yeux, les deux parents échangèrent leurs réflexions qui étaient faciles à deviner, ils voulaient connaitre le contenu du livre et quitter la Terre lorsqu'ils se sentiraient prêts à le faire. Ils auraient aussi en prime, de revoir leur fils.

– Très bien, nous pensons que le moment est venu pour nous deux de nous rendre à la pyramide.

Le lendemain, ils arrivèrent à la pyramide sans aucun incident. Thomas et Albert risquaient beaucoup après avoir été alertés par David des intentions des autorités. Mais ils savaient que leur chance serait de plus en plus mince s'ils devaient retarder cette chance qu'avaient les parents de Gaspar. Ils estimèrent qu'ils devaient cette faveur à leur ami pour qu'ils réussissent eux aussi.

Ils arrivèrent un peu après minuit dans la prairie et se rendirent à l'église et suivirent les alchimistes à la sacristie. Lorsque Thomas déplaça l'imposante peinture, les parents de Gaspar se regardèrent et estimèrent que la cachette du couloir avait été fort bien pensé. Personne n'aurait osé déplacer cette peinture sacrée.

Ils entrèrent dans ces étranges ascenseurs et se trouvèrent à l'intérieur de l'immense pyramide en très peu de temps. Des larmes de joie coulèrent sur leurs visages lorsqu'ils trouvèrent ce lieu des plus impressionnants. Thomas les invita ensuite à entrer dans la salle où il avait déposé le livre sur une table.

– Le voici pour vous. Je vous invite à vous rapprocher. Qui veut être premier ?

– Vous y allez d'abord, dit-elle à son mari.

– Très bien alors, dit-il tout en s'asseyant en face du livre.

Le crépitement commença à se faire entendre. Il toucha la couverture du livre avec ses deux mains et tout en étant nerveux et hésitant, il ouvrit finalement le livre et deux colombes blanches avec des ailes noires s'envolèrent.

L'apparition de ces oiseaux tourbillonnant dans une poussière blanche le fit se sentir déjà en compagnie de Gaspar. Il garda le silence en lisant toutes les pages, les mots caressaient son visage. Il savourait chacun d'eux. Sa femme le regardait en silence jusqu'à ce qu'il atteigne la couverture arrière et ferme le livre.

Puis, le père de Gaspar ferma les yeux un instant, comme s'il n'avait pas complètement digéré ce qu'il venait d'apprendre. Il ne faisait aucun doute qu'il était prêt à obtenir l'information du livre puisqu'autrement, le livre ne l'aurait pas autorisé à le faire.

Il se leva et dit à sa femme de faire de même. Il était un homme transformé et ses traits de visage ressemblaient de plus en plus à Gaspar, à la grande surprise de sa femme. Elle se dirigea vers lui et posa ses mains sur son visage, caressant chaque partie de son jeune visage, encore étonnée de sa transformation.

– Je suis prête maintenant, lui dit-elle en souriant.

La même chose se produisit pour elle. Elle devint une pure de cœur. Les parents de Gaspar reconnurent qu'ils ne pouvaient plus reprocher à leur fils d'avoir quitté la Terre si rapidement. Ils n'étaient plus préoccupés par sa décision de les avoir quittés.

Sa mère aussi, vit une soudaine transformation physique. Elle n'avait plus de rides. Sa vue s'était énormément améliorée. Quelque temps auparavant, elle ne pouvait pas distinguer clairement les murs et les couloirs de la pyramide.

Ils s'embrassèrent tendrement. Leurs corps émanaient d'une lueur d'or doux. Albert et Thomas étaient très heureux de voir que les parents de Gaspar avaient atteint cet état merveilleux de l'esprit, celui qu'il espérait pour eux.

Ils remercièrent ensuite les deux amis de Gaspar pour leur avoir donné cette opportunité et ce privilège d'enfin connaitre la vérité sur leurs entités réelles. Aucun mot ne pouvait décrire ce qu'ils ressentaient.

Ils étaient devenus un couple plus heureux puisqu'ils avaient regagner la conscience. Ils savaient ce qu'était Sirius, et se réjouissaient de leur retour prochain à l'Étoile. Ils comprirent pourquoi leur fils avait tout laissé derrière.

Ils quittèrent ensuite la pyramide et retournèrent à leur domicile. Tout au long de leur marche vers la ville, une lumière douce bleue les guidait dans la nuit. Personne d'autre ne se trouvait aux alentours.

Au cours des jours qui suivirent, les parents de Gaspar sentirent sa présence. Le lien qui reliait tous les purs de cœur s'était automatiquement lié à eux. Ils eurent une très bonne discussion télépathique sur l'événement magique qu'ils venaient de vivre.

Les autres purs de cœur

Des centaines et des centaines d'autres personnes se rendirent à la pyramide sous la prairie. Eux aussi prirent conscience que la vie était un voyage sans fin et que rien ne pouvait limiter leur élan vers la conscience supérieure.

La lecture de l'information du livre n'était pas destinée à devenir un phénomène perpétuel à travers les siècles à venir, mais il était essentiel que le livre reste entre bonnes mains pour le temps nécessaire.

Le livre devait être transmis à la prochaine génération des purs de cœur qui, un jour, le laisserait à la prochaine et ainsi de suite jusqu'à ce que le dernier parte pour Sirius. Le livre était ensuite destiné à disparaitre après avoir atteint son objectif. Les colombes miniatures allaient quitter le livre pour ne jamais revenir, les flammes ainsi que la rose rouge sur la couverture du livre disparaitraient ainsi que tous les mots, comme s'ils n'avaient jamais été écrits.

Depuis l'événement de la dernière bataille entre Belzébuth et l'Ébrim, Thomas et Albert devenaient de plus en plus les cibles de l'autorité. Cet événement qui avait été vu par tellement de gens ce soir-là, devint beaucoup trop évident pour les autorités. Ils suspectèrent ces deux hommes.

Belzébuth rencontra Thomas et Albert peu de temps après le départ de Gaspar et d'Anaya. Cela, lors d'une soirée où Thomas attendait avec impatience ce qui avait semblé prendre une éternité à revenir : la période où les millions d'étoiles filantes éclaireraient à nouveau le ciel nocturne.

Assis sur des rochers devant l'église dans la prairie déserte, les deux alchimistes admiraient le retour des étoiles filantes. Belzébuth fit son entrée aussi majestueusement, comme toujours, avec son corps très musclé et ses énormes ailes noires qui battaient lentement alors qu'il descendit vers le sol.

Il y avait encore une question en suspens puisque sans réponse. Avec les autorités qui devenaient de plus en plus obsédées par les alchimistes et ce que le soldat pur de cœur leur avait conseillé de faire à plusieurs occasions, il était maintenant nécessaire de passer bientôt le flambeau à quelqu'un d'autre. Qu'il était temps qu'ils retournent à l'Étoile.

– Toutes mes félicitations Thomas et Albert ! Vous avez grandement contribué à cette victoire où les humains ont atteint le point où ils ont enfin retrouvé la force et la puissance de ce qu'ils sont vraiment. Beaucoup sont désormais libérés de cet état d'inconscience. Vous savez, un cœur pur peut, soit demeurer et continuer ainsi sa vie sur la Terre, ou il peut la quitter et retourner sur Sirius.

– Que voulez-vous dire ? demanda Thomas

Belzébuth leur dit que depuis le début, la vie sur Terre était uniquement destinée à être le tremplin pour se rendre à l'endroit où toute l'humanité devait revenir.

Tous les deux se regardèrent, essayant de comprendre ce qu'il voulait dire. Ils devaient trouver quelqu'un d'autre rapidement, puisqu'une décision avait été prise par les autorités de capturer les deux alchimistes.

Par tous les moyens à leur disposition, les autorités voulaient qu'ils arrêtent ce qu'ils n'avaient jamais été en mesure de prouver. Mais ils les suspectaient fortement d'influencer la disparition croissante des gens de la ville. Ils étaient sûrs que cela avait quelque chose à faire avec eux. Le soldat pur de cœur les avait avertis que les autorités s'en prendraient bientôt à eux.

Rien ne pouvait expliquer la disparition des citoyens. Ils avaient à résoudre leur problème de déclin démographique et ainsi de remplir leurs coffres financiers. L'autorité décida de fusionner plusieurs villes environnantes afin de toujours garder une emprise sur les gens. La majorité de la population qui restait dans la ville était composée du groupe de ceux qui devinrent incapables de connaitre le contenu du livre.

Ils devaient vivre plusieurs vies avant d'atteindre la prise de conscience nécessaire les menant à la réalisation que quelque chose de supérieur existait pour eux et qu'ils pourraient reprendre possession de ce qu'ils avaient perdu.

Thomas et Albert devaient faire preuve de prudence quant à qui donner le livre. Il ne restait plus beaucoup de candidats purs de cœur. À part Albert et Thomas, il en restait très peu dans la ville et ceux-ci étaient tous sur le point de quitter la Terre pour Sirius.

Albert et Thomas comprirent. Ils le savaient déjà depuis longtemps. Ils étaient purs de cœur et ils ne méritaient pas d'être égorgés parce que leur autorité avait décidé qu'ils étaient des nuisances à leur trésorerie.

Cependant, s'ils ne léguaient pas le livre à quelqu'un en qui ils pouvaient faire confiance, cela signifiait que le cours de l'humanité pouvait retomber dans les superstitions de croyances aveugles. Conséquemment, cela ferait que la science ne verrait la lumière du jour que trop loin dans le futur.

L'humanité serait à nouveau plongée dans cet océan de croyances où les humains n'auraient qu'une seule vie à vivre et que leurs destins seraient à la merci d'un dieu créé encore une fois de plus par l'homme.

Ceux qui étaient venus sur Terre dans les siècles passés et qui avaient partagé des connaissances inestimables avec les humains, n'avaient promis à personne qu'ils reviendraient. Belzébuth pouvait ne jamais revenir aussi. Ils devaient remettre le livre à quelqu'un digne de confiance.

L'histoire ne pouvait se répéter. La Terre était libre de tous les Ébrim, des méduses, les vrais démons de l'univers. Les seuls obstacles pouvant les empêcher de progresser, les réels et seuls obstacles seraient créés par les humains eux-mêmes.

Un avenir qui se rapproche

Le lendemain de cette altercation avec les autorités et les gens présents à la prairie, Albert visita Thomas pour discuter comment ils allaient trouver la personne en qui faire confiance et prendre soin de ce livre si précieux. Ils savaient que le livre avait certainement le pouvoir d'indiquer qui serait la personne par excellence.

Tous les humains de la Terre devaient revenir à l'Étoile. Le temps de superstitions et de croyances forcées, l'adoration du soleil et d'autres dieux ne pouvaient pas remonter à la surface.

Albert fit bouillir un peu d'eau sur le comptoir en céramique noire alors que Thomas prit le livre de son sac et le mit sur la table. Il espérait que le livre communique et les guide vers le seul être dans la ville qui serait le meilleur garant du don de Belzébuth.

Alors qu'il déposa le thé sur la table, Albert regarda Thomas se demandant si le livre leur donnerait la réponse qu'ils cherchaient.

– Je ne sais pas comment il pourra nous le révéler, déclara Thomas lorsqu'il mit ses mains sur le livre, caressant doucement la rose rouge gravée sous les flammes de la couverture.

– Je crois que cela vaut la peine de faire une tentative Thomas, dit Albert alors qu'il plaça les deux tasses blanches sur la table.

– Je sais que ce livre n'a pas tout révélé ce qu'il contient. J'en suis sûr, Albert.

– Je ressens aussi la même chose.

Thomas était sur le point de prendre sa première gorgée de thé lorsque le livre s'ouvrit et dégagea une lueur très puissante et colorée. Les informations demeurées secrètes du livre se manifestaient devant eux.

Ils se sont assis un à côté de l'autre et devinrent très intrigués de voir ce qui allait se passer suite à cette visualisation spectaculaire.

Elle s'est ensuite étendue dans toute la pièce. Tout autour d'eux s'est progressivement fractionné, n'étant plus dans la maison. Des êtres lumineux les regardaient. Ils réalisèrent qu'ils arrivaient sur Sirius.

Ils reconnurent Gaspar et Anaya et beaucoup d'autres purs de cœur pour qui ils avaient contribué à ce qu'ils retournent à l'Étoile.

– Bienvenue sur Sirius, leur dit un être éblouissant.

C'était Belzébuth. Thomas et Albert sourirent à l'être impressionnant qu'ils reconnurent.

– Heureux de vous revoir Belzébuth, pourquoi sommes-nous ici ? Nous étions à la recherche de la personne pour prendre le relais, dit Thomas.

– Ça ne se sera pas de sitôt, dit Belzébuth. Il est temps de vous révéler ce qu'est la situation actuelle.

Albert et Thomas ne comprenaient pas ce qu'il voulait dire jusqu'à ce qu'il leur donne un aperçu de ce qui était encore à venir et comment la Terre allait devenir, suite à leur départ pour Sirius.

Ils devinrent les témoins des différentes directions que la Terre allait prendre. Ils étaient dans le futur. Les deux alchimistes se retrouvèrent dans les siècles à venir.

Ils virent encore leur vieille amie Terre qu'ils reconnurent, mais quelque chose attira leur curiosité en regardant plus loin dans une scène de la ville où ils vivaient actuellement. L'environnement était complètement différent illustrant d'énormes transformations.

C'était une ville très moderne et sa population semblait prospérer. Les gens parlaient entre eux avec des appareils sans fil. Il n'y avait pas de pigeons voyageurs sur la scène.

Ils avaient des moyens incroyables de transport et des panneaux numériques illuminaient toute la ville, même durant la nuit. Il semblait pour eux que le soleil ne se couchait jamais, tout autour était si lumineux. Tout signifiait indéniablement les résultats de la technologie de pointe et ce que la science leur procurait si généreusement.

Ils étaient témoins des miracles d'une connaissance très avancée. Tout le monde qui vivait pendant cette période de temps qui leur semblait très avancée dans le futur, allait bientôt devenir des êtres purs de cœur.

Ils étaient devenus les scientifiques et les séraphins de la technologie. Tout ce qui était fait et construit dans la ville incarnait l'amélioration. Cette ville était l'exemple de la rampe de lancement de Sirius, à l'aide de la connaissance du livre.

Les deux alchimistes devinrent témoins de nombreux départs de purs de cœur qui se rendirent vers Sirius. Ils partirent tous de la pyramide en se rendant en premier à la prairie où gisaient les ruines d'une église qui avait été bâtie, il y avait de cela quelques siècles. Les ruines de cette église étaient toutes couvertes d'herbes, d'arbustes et de fleurs sauvages.

Thomas et Albert restèrent silencieux, mais tout à fait impressionnés.

– Maintenant, voici la situation, dit Belzébuth, où, les humains restants et futurs ne seront pas en mesure d'obtenir le livre.

– Quelle est la raison de cela ? demanda Thomas.

– Cette civilisation, votre planète a connu différents points durant son évolution et régression. Ce que je vous ai montré, est la réussite humaine encore à venir.

Un autre écran apparut, montrant un avenir des plus horribles. Il y avait des conflits continus et dissociations au sein de nombreuses populations comme c'était déjà arrivé tant de fois autour de la terre avant et pendant le temps où vivaient Albert et Thomas.

C'était un signe que cela aussi pouvait se produire après la vie terrestre des alchimistes. C'était un passé sombre qui pouvait se répéter. C'était comme si l'ère précédant les grandes civilisations de la planète revenait hanter les personnes vivant à cette époque, une fois de plus.

En dépit d'être une scène de l'avenir, de ce que la population de la Terre était devenue, ces croyances et ces fausses informations apparurent sur la scène du temps comme elles l'avaient fait tant de fois auparavant. Les histoires étaient différentes, mais elles prenaient toutes le même type de distorsion de la vérité et de leur véritable identité.

Les gens ne semblaient pas se soucier de ce qui se passait autour d'eux. Ils ne s'interrogeaient pas trop sur leur environnement et rien d'autre que ce qu'ils faisaient pour leur propre survie, ne semblait avoir de l'importance pour eux. Ils avaient toujours les mêmes dispositifs pour communiquer les uns aux autres comme dans la scène déjà vue. Ils utilisaient la même science et la technologie. Ils vivaient et se partageaient tout pour leurs besoins personnels.

Mais c'était un énorme contraste avec la première scène. Il manquait quelque chose dans cette scène qu'ils avaient observée dans la précédente.

— L'homme peut être son meilleur ami ainsi que son pire ennemi, dit Belzébuth. Ce que j'expose ici devant vous, c'est le résultat idéal et l'espoir de comprendre la conscience du monde matériel. La science et la technologie au service de tous en vertu du bien. C'est ce que je peux appeler le progrès.

Les croyances et les superstitions ne font plus partie de l'équation dans ce monde futur. Rien n'est imposé aux gens, car ils ont gagné la compréhension de ce que la technologie et l'excellence sont en mesure de leur fournir.

Cependant, l'enjeu le plus important pour l'homme est de dépasser ce stade et atteindre ce que vous-même avez maintenant atteint. Mais avant que cela se produise, votre propre conscience était orientée vers la connaissance et le savoir. Vous étiez plus disposés que d'autres à accepter que la connaissance fasse partie de vos prochaines étapes d'évolution.

C'est ce qui doit arriver. Sinon, la deuxième hypothèse de l'avenir que vous venez juste de voir, apparaitra. Nous espérons voir les gens, sortir enfin de cette léthargie intellectuelle afin d'atteindre la première scène. Il trouvera alors et seulement, le livre et deviendra capable de comprendre son contenu. Ce monde se rendra enfin compte que c'est la rampe offerte pour les aider à retourner à Sirius.

— Pourquoi le reste des futurs purs des cœurs doivent-ils prendre cette route et revenir en arrière ? Comment vont-ils faire pour revenir à leur propre conscience ? Combien de temps cela prendra-t-il ? questionna Thomas.

— Lorsque vous reviendrez ici pour de bon, vous comprendrez que le temps est seulement conforme à l'homme, dit Belzébuth. Le temps n'existe pas. C'est seulement une mesure pour les humains en réponse à leur besoin primitif de stabilité.

Partout ailleurs dans l'univers, il n'est tout simplement pas présent. Il n'y a pas de début ni de fin. Comme le temps est un facteur qui n'existe que sur Terre, vous comprendrez qu'il ne faudra pas longtemps avant que le reste du monde puisse bientôt atteindre le niveau de conscience nécessaire, s'ils se dirigent dans la bonne direction.

Thomas et Albert voyagèrent à travers les siècles tout en demeurant eux-mêmes au temps présent. Ils restaient dans le même cadre du temps à travers de nombreux scénarios de différentes époques qui leur avaient été présentés. Ils virent le présent et l'avenir et se souvenaient de ce qui leur était arrivé dans le passé, mais ils restèrent tout au long de ces métrages dans le temps présent. Ce fut un état dans lequel ils n'avaient pas réalisé pouvoir exister jusqu'au moment même où Belzébuth leur expliqua la notion de la vie continue.

— Qu'est-ce qui nous reste à faire alors ? demanda Thomas.

— Vous devez apporter le livre à un endroit sûr jusqu'à ce que quelqu'un progresse vers une meilleure conscience pour le découvrir. Vous devez maintenant revenir sur Terre.

En peu de temps, ils étaient de retour dans la maison de Thomas, assis à la table, le livre en face d'eux maintenant fermé.

L'incarcération des alchimistes

Ils entendirent frapper très fort à la porte. Des soldats se tenaient là et semblaient très impatients d'entrer dans la maison de Thomas. Ils imposèrent leur présence par la force et démolirent la porte afin d'incarcérer Thomas et Albert.

Quatre soldats les empêchèrent de bouger, ils attachèrent leurs mains derrière le dos, l'un d'eux leur annonça d'une voix très autoritaire qu'ils étaient en état d'arrestation et devaient être immédiatement placés en détention :

– Vous êtes en état d'arrestation pour avoir violé les lois. Les autorités vous tiennent criminellement responsables de la disparition de centaines de bons citoyens de cette ville et l'autorité vous reconnait comme étant la cause de leur disparition.

La cloche se faisait entendre provenant de la place publique. Les quelques centaines de personnes restantes de la ville quittèrent leurs maisons et coururent à l'endroit où Albert et Thomas étaient retenus par les soldats. Lorsque les gens s'approchèrent, ils ne reconnurent pas immédiatement les otages qui étaient les deux alchimistes.

Ensuite, l'annonce se fit entendre alors que la cloche cessa de sonner. Un porte-parole de l'autorité fit connaitre sa présence. Il monta les marches pour se retrouver debout au sommet de la plate-forme de bois, déroula le manuscrit et commença à livrer son message.

– Comme approuvé par le Seigneur de notre ville, par la présente, je fais cette déclaration :

« Des rapports importants ont été soumis à l'attention de notre Seigneur dénonçant que ces deux hommes utilisent leurs connaissances d'alchimistes pour faire disparaitre les innocentes victimes de votre ville. La puissance utilisée est tout à fait ignominieuse et à partir de maintenant, il est interdit de pratiquer ou d'enseigner l'alchimie par quiconque dans notre ville.

Tout ce qui est utilisé pour pratiquer cette magie noire et le mal qui en résulte doit être détruit. À partir de demain, selon les ordres de notre Seigneur, nos soldats vont se rendre à chaque domicile et ce que vous possédez en relation avec cette pratique des plus malsaines sera saisi. Cela signifie tous les livres, les instruments, le matériel, etc. Tout doit être détruit pour mettre fin à cette malédiction qui empoisonne notre ville et nos citoyens.

Ces hommes ont abusé de leur pouvoir et causé un préjudice à l'endroit des gens qui leur faisaient confiance. Maintenant, ils en sont si traumatisés qu'ils les ont effectivement amenés à fuir la surface de la Terre. Pour être en mesure de créer de tels ravages autour de notre ville, le mal, l'immoralité et la méchanceté coulent certainement dans leurs veines à profusion. Ils sont appelés devant le tribunal de l'autorité.

Personne dans cette ville n'a jamais autant nui à la réputation de notre ville qu'eux et ce qu'ils ont fait. Notre ville est un lieu accueillant où il fait bon vivre, ce n'est pas une ville fantôme abandonnée. »

Il roula le manuscrit dans ses mains et descendit la plate-forme de bois et comme d'habitude, choisit la bonne clé pour ouvrir la boîte vitrée afin d'afficher le message qu'il venait de lire.

— Soldats, amenez ces hommes aux quartiers des autorités où ils comparaitront devant le tribunal.

Puis, regardant Thomas et Albert, il leur dit qu'ils allaient être jugés et condamnés :

— Préparez-vous à présenter votre propre défense. Mais je ne crois pas que vous ayez les arguments pour prouver votre innocence.

Aucune personne provenant de la foule ne dit quoi que ce soit ou même ne prit la peine d'aller lire l'annonce et voir la totalité de son contenu. La plupart des gens furent reconnus par Thomas et Albert comme étant de ceux qui ne pouvaient pas ouvrir le livre lorsqu'ils s'étaient rendus à la pyramide.

Cependant, il n'y avait pas de danger de les exposer puisque le mécanisme de l'oubli avait été déclenché et ils ne se souvenaient de rien. Une autre bonne chose était que le dernier des Ébrim n'était plus en position de premier plan sur la scène de l'autorité politique, puisqu'il avait été soufflé hors de la surface de la Terre par Belzébuth.

La foule se retira silencieusement vers leurs domiciles. Personne ne dit rien. Aucune protestation ne fut formulée contre quoi que ce soit.

La plupart des purs des cœurs étaient déjà sur Sirius. Il n'y avait plus tellement de ces gens dans la ville. Albert et Thomas ne pouvaient prévoir que tout cela se produise en si peu de temps.

Leur soldat pur de cœur, qui avait depuis, quitté la ville pour Sirius, les avait mis en garde à plusieurs reprises au sujet du danger imminent, mais ils étaient sûrs d'avoir suffisamment de temps pour trouver au moins une personne en qui ils pouvaient faire confiance et à qui laisser le livre. Pour ensuite partir pour Sirius.

L'incinération de la connaissance

Après plusieurs jours où les soldats passèrent à travers chacune des maisons de la ville pour rassembler tout ce qui touchait l'alchimie, ils transportèrent tous les livres et articles sur des chars tirés par des chevaux.

La place publique devint le lieu où un feu spectaculaire serait bientôt allumé prouvant, encore une fois, que l'autorité était toujours dans un état de contrôle et de puissance. C'était un avertissement pour la population des conséquences auxquelles elle ferait face si elle osait la contester.

Ils empilèrent les livres et instruments qui étaient au service de la recherche de tous les alchimistes en un gigantesque amoncellement. De l'huile fut ensuite versé et l'un des soldats s'approcha et lança une torche enflammée.

Le son infernal augmentait avec le crépitement et les explosions des fioles de verre et des tubes que le feu dévorait.

Les chars se vidèrent et les soldats retournèrent dans la ville de façon répétitive pour la collecte des livres et des objets, jusqu'à ce qu'ils atteignent la dernière des maisons.

Des années de travail et de recherche contenant des informations scientifiques furent détruites en quelques heures. Plusieurs années devaient s'écouler avant que quelqu'un de courageux risque à nouveau de faire ces expériences. C'était remis à une autre époque plus éloignée puisque cette société, s'inclinant sans cesse à ce que les autorités étaient si affairées à leur imposer, ne possédait pas le niveau de conscience nécessaire pour les combattre.

Ce feu colossal brûlait l'ensemble du lot. Cet enfer pouvait se voir à des lieues de la ville. L'incendie débuta tôt dans la matinée et continua sans cesse jusqu'à tard dans la nuit. Quelques curieux se présentèrent et quittèrent la place publique rapidement après avoir jeté un bref regard.

Le feu émanait de belles flammes colorées de violet, bleu, rouge, vert, jaune et rouge. La plupart provenant des résidus susceptibles de mélanges provenant des expériences que les alchimistes avaient laissées incomplètes lors de la saisie de leurs équipements.

La foule qui s'était rassemblée sur la place publique, même si elle n'était pas toute composée de purs de cœur, perçut quand même que cet événement fut l'image très sinistre du refus entêté des autorités de tout avancement et des progrès scientifiques qui auraient pu leur donner une lueur d'espoir pour améliorer leur sort. L'histoire était, une fois de plus, en train de se répéter.

Les hommes représentant l'autorité étaient là et semblaient jouir de la scène. Ils étaient les seuls qui restèrent à regarder les soldats alimenter le feu avec tous les écrits et objets restant encore dans les chars attendant d'être jetés dans le feu. C'était une triste page dans l'histoire du monde des alchimistes.

La maison de Thomas avait été soigneusement fouillée de fond en comble. Les soldats n'avaient cependant pas vu les appareils et autres objets que Belzébuth lui avait donnés. Le livre, le comptoir en céramique noire et les bâtons lumineux qui éclairaient l'intérieur de la maison restèrent tous invisibles.

Thomas et Albert savaient ce qui se passait, ils en étaient dévastés et dégoûtés de voir tout leur travail et toutes ces années acharnées à découvrir, en train de partir littéralement en fumée.

Les autorités avaient tort depuis le début. Et alors qu'ils le savaient, ils essayèrent de sauver la face aux yeux de la population restante afin de leur prouver qu'ils avaient toujours le contrôle et qu'ils pouvaient freiner la disparition incompréhensible des citoyens.

Thomas et Albert pouvaient entendre le bruit de crépitement et sentir l'odeur de la fumée de leur cellule. Ils étaient tous deux assis sur le sol, attendant de rencontrer le tribunal, pour faire face aux accusations qui étaient retenues contre eux. Ils ne pouvaient rien faire pour arrêter cette injustice.

Très tard dans la soirée, un gardien ouvrit la porte de leur cellule et leur dit qu'ils allaient être escortés devant le tribunal le lendemain.

Le Jugement

Thomas et Albert entrèrent à la cour et ils reçurent l'ordre de se tenir devant un juge. Ils ne s'attendaient pas à ce juge, parmi les rangs de l'autorité. C'était le Seigneur lui-même qui s'était prononcé pour condamner les deux alchimistes.

Les protestations et les cris d'indignation firent écho dans toute la pièce. Beaucoup de membres de l'autorité avaient leurs yeux rivés uniquement sur les deux hommes accusés.

Le juge se leva enfin, commandant à la foule de se taire tout en annonçant qu'il allait bientôt procéder aux accusations.

— Silence, s'il vous plait, silence. Je suis ici aujourd'hui à la fois en tant que Seigneur de notre ville et le juge de ce procès. J'ai ordonné que ces deux hommes soient traduits en justice pour les nombreuses et inexplicables disparitions de nos concitoyens.

— Thomas Briggard et Albert Monteli, vous êtes, par la présente, accusés d'utiliser l'alchimie dans le seul but d'influencer les gens et de les convaincre d'abandonner notre ville. Cela a mis un terme brutal à la paix dans notre ville.

Il est devenu tellement indigne de demeurer un citoyen de cette ville, que tous se demandent maintenant s'ils doivent rester dans une ville où tout le monde se sent sans défense devant cette malédiction inexplicable. Ils ont même exprimé leur crainte de disparaitre un jour, contre leur volonté.

Il s'agit d'une situation très grave puisque l'autorité s'attend toujours à voir plusieurs autres générations ainsi qu'une ville florissante. Ce n'est plus le cas. Vous avez abusé de vos pouvoirs magiques et la conséquence est devenue insupportable pour tout le monde. »

D'accord sur la dernière déclaration, plusieurs se firent entendre, encourageant le juge à ordonner que les deux alchimistes soient emmenés à la place publique et qu'ils soient réduits en cendres avec le reste des objets sataniques contenus dans les chariots en attente d'être jetés dans le brasier.

Albert et Thomas regardaient les représentants. C'était un acte théâtral sur une scène où ils n'avaient aucun recours pour se défendre, ou s'opposer à cette décision des plus barbares. Ils ne pouvaient même pas parler pour essayer de se défendre.

Ils regardèrent le juge qui siégeait légèrement en avant du panneau des autres membres de la magistrature et de d'autres qui étaient tous en situation d'autorité. Tous revêtus de leurs très impressionnantes robes rouges garnies de fourrure.

Le groupe était composé de la hiérarchie de l'autorité, des chefs religieux et d'autres juges. Ils étaient tous d'âge moyen ou plus âgé et avaient investi leur temps, et tous payé leurs cotisations de façon à acheter ces postes prestigieux.

À les regarder, ils avaient tous été formés du même moule, la peau très pâle, car ils ne s'aventuraient que très rarement à l'extérieur, les visages obtus et étroits. Cela leur rappela qu'ils ressemblaient tous à des oiseaux de proie, et qu'ils leur étaient impossible d'un signe authentique de joie ou de plaisir.

Pour couronner le tout, chacun portait de nombreux bijoux, bracelets, bagues et chaines en or, en argent et autres métaux précieux. Ceux-ci étaient ornés de pierres précieuses d'une valeur inestimable, comme les diamants, rubis, saphirs, émeraudes, etc. Ils portaient aussi des croix assorties et des symboles indiquant leurs positions élevées. Tout pour renforcer leur importance sur le peuple.

Le juge reprit finalement le contrôle de la foule et les réduisit au silence en leur assurant que le verdict allait bientôt être annoncé. Et qu'il n'avait pas terminé de prononcer son discours sur la description du cruel agissement de ces deux hommes envers toutes ces personnes innocentes et vulnérables. Alors que tout se calma, il poursuivit son discours.

Il adopta une approche plus sévère alors qu'il regardait les deux hommes.

« Vous deux avez détruit notre contribution la plus précieuse pour le développement de notre ville. Tous ces citoyens étaient des personnes qui travaillaient très dur, répondant aux besoins de leur famille et... »

– Aux coffres de l'autorité qui ne déborde plus des collectes illégales ! cria Thomas.

Tous ressentirent de la frayeur lorsque la voix très autoritaire de Thomas envahit toute la pièce.

– Oui, vous nous accusez de toutes ces ordures parce que vous êtes en train de devenir aussi pauvre que tout le reste du monde dans la ville. Cela, parce que les gens sont en train de disparaitre. Vous ne pouvez plus profiter de votre style de vie luxueux, car personne n'est là pour vous le donner. N'est-ce pas ce dont vous êtes le plus bouleversé ? lui dit Thomas, reprenant son calme puisque ces accusations étaient tellement stupides et injustes que cela lui donnait des maux d'estomac depuis un certain temps.

Le juge qui l'entendit ne pouvait pas cacher sa nervosité et ses lèvres commencèrent à trembler de façon incontrôlable. Pas un seul mot ne pouvait sortir de sa bouche parce qu'il était tellement secoué par ce que Thomas venait de lui dire. Il savait que Thomas disait la vérité.

Cela indiquait que les alchimistes avaient frappé juste. Ils savaient que c'était la seule raison pour laquelle l'autorité les avait amenés à la cour. La seule raison pour laquelle ils faisaient tout ce qu'ils pouvaient, entre autres tout brûler ce qu'ils associaient avec ces hommes, pour sauver la face et éviter une future rébellion qu'ils craignaient.

L'autorité n'avait fourni aucune preuve à l'appui de leurs déclarations et elle ne pouvait pas trouver, malgré plusieurs essais, la raison du phénomène de la disparition des personnes.

Les alchimistes ne leur dévoileraient sûrement pas. Tant d'autres seraient encore appelés à faire leur chemin à la pyramide, et quitter la Terre lorsque le temps sera venu. Ils ne pouvaient pas se permettre de révéler ce qui les attendait, y compris leurs accusateurs et persécuteurs.

Après un certain temps, il retrouva sa confiance en lui et observa que la foule attendait impatiemment, ce que le juge allait lui répliquer.

– Ceci est de la diffamation ! Une très grave calamité ! C'est ignoble ! Comment osez-vous insulter l'autorité plus qu'altruiste qui s'est toujours consacrée et engagée à servir la ville qu'ils aiment

? Honte à vous ! Et vous aussi ! en dirigeant sottement son dernier commentaire à Albert.

Rien ne pouvait blesser les deux hommes, ils savaient ce qu'était la véritable conspiration et ils n'étaient pas sur le point de se rendre.

– Permettez-moi de vous dire, vous deux, qui avez planifié la disparition de toutes ces personnes innocentes. Et oh ! Vous ai-je dit que nous avons reçu un rapport que vous utilisiez des pigeons voyageurs pour couvrir votre plan sans scrupules ? Ah oui, nous avons tout découvert à ce sujet ! Vous utilisiez secrètement ces oiseaux pour influencer et attirer ces vulnérables hommes, femmes et enfants !

Vous les avez également utilisés comme cobayes pour des expérimentations de votre alchimie. Honte à vous ! Vous êtes pire que le mal ! PIRE ! QUE BELZÉBUTH ressemblerait à quelque chose d'ANGÉLIQUE en comparaison des actions que vous avez perpétrées contre les citoyens de cette ville !

Albert et Thomas se regardèrent en entendant la dernière déclaration du juge. Ils se mirent à sourire, car ils ne pouvaient plus retenir leurs sentiments à propos de ces affirmations des plus ridicules qui sortaient de la bouche tremblante de ce juge.

Se comportant comme s'il essayait de mettre la dernière main à ce jeu et descendre le rideau après cette scène mélodramatique, il essaya certainement tant bien que mal, mais il échoua lamentablement. Tout ce qu'il leur dit ne les avait jamais heurtés.

La foule resta figée un instant jusqu'à ce qu'un homme de la magistrature se lève et s'écrie que c'en était assez de tout ça. Qu'il y avait assez de preuves pour les condamner. Il n'était plus nécessaire d'aller plus loin.

Que la « preuve » de leurs crimes était déposée devant eux et qu'il était temps d'agir. Ensuite, les choses devinrent incontrôlables. On ne demanda plus à la foule de reprendre son calme. Le juge était secoué, voire furieux de les voir sourire.

La foule grouillait tout autour des deux alchimistes, criant pour qu'ils soient condamnés et qu'ils payent le prix. Les deux furent ensuite ligotés avec des cordes et trainés vers la place publique.

Le Livre de la connaissance et de la science

Au soleil couchant, Thomas et Albert apparurent, sans cesse bousculés par les soldats, car les chefs hiérarchiques leur avaient été ordonné de le faire. Des centaines d'étoiles filantes pouvaient être observées au-dessus de leurs têtes.

Des soldats présents continuaient à alimenter le feu avec davantage d'objets et de livres afin que Thomas et Albert soient dévorés en un rien de temps par l'intensité des flammes.

– Mettez-les dans le feu, mettez-les dans le feu ! criait la foule en colère.

Deux soldats répondirent aux mouvements de la main du juge quand il fit le signe vers le bas. C'était l'indication qui leur disait que le moment était venu de les pousser dans le feu.

Deux des soldats répondirent à l'ordre et amenèrent Thomas et Albert vers le feu qui faisait rage. Une brillance incommensurable bien plus lumineuse que le feu, alluma toute la place publique. L'éclatante lumière était si puissante que tout le monde dut couvrir ses yeux.

Le Livre de la Connaissance apparut et s'ouvrit devant le feu. Il émit des flashes de lumière très accablants et aveuglants en direction des dirigeants et des soldats.

Au cours de cette action, il émit des crépitements de plus en plus forts. Les soldats et les dirigeants se mirent à genoux implorant leur dieu pour arrêter la puissante énergie provenant du livre qui les paralysait. De plus en plus d'étoiles filantes apparurent dans le ciel et s'immobilisèrent juste au-dessus de la place publique.

Puis, des centaines de colombes blanches avec des ailes noires et un certain nombre de pigeons voyageurs sortirent du livre laissant des traces de brillantes étoiles qui tournaient dans une fine poussière blanche.

Des centaines et des centaines de purs de cœur apparurent derrière les oiseaux et avancèrent vers les dirigeants pour les entourer. Ils ne présentèrent aucune intention de malice à leur égard.

Les regards des yeux de la foule effrayée signifiaient clairement que l'objectif de la rencontre à la place publique n'allait pas se produire.

Les dirigeants étaient littéralement pris au piège. Ils tentèrent de se frayer un chemin pour sortir du cercle des purs de cœur tentant de les pousser, mais puisque le nombre écrasant de purs de cœur se refermait sur eux, il était impossible pour eux de s'échapper.

Ensuite, la terre commença à trembler sous leurs pieds et s'ouvrit. Devant eux, un endroit sombre les attirait. Des cris et des appels à la pitié pouvaient être entendus quand ils essayaient de s'accrocher à des racines et des buissons pour éviter d'être tirés vers le bas jusqu'à ce que leurs cris s'évanouissent en écho dans l'abysse. La terre se referma sur elle-même, ne laissant aucune trace.

Puis, un vent très fort souffla sur le feu et l'éteignit. Les cendres furent dispersées loin de la place publique. Les étoiles filantes continuèrent à nouveau leur cours dans le ciel et tous les purs de cœur disparurent. Le livre était encore sur le sol, et diminua le son des crépitements lorsqu'il se referma.

Les seuls laissés sur la scène en face du livre étaient Thomas et Albert.

Quelques âmes curieuses vinrent sur la place publique pour assister à ce qui restait d'une scène à laquelle ils ne pourraient jamais être en mesure de pleinement comprendre.

Thomas prit alors le livre et les deux alchimistes quittèrent la scène.

Le destin

Thomas et Albert savaient qu'il était temps de partir pour Sirius. Ils pouvaient maintenant le faire de façon sécuritaire.

Le lendemain, après avoir dit ses au revoir à Thomas avant qu'ils ne se revoient sur Sirius, Albert fit son chemin dans la petite ruelle pavée de pierres aplaties qui avaient des rangées de chênes sur les deux côtés. Il entra ensuite dans la pyramide. C'était le dernier endroit sur Terre qu'il voulait visiter avant de faire son chemin vers Sirius.

Quelques jours plus tard, Thomas décida aussi de quitter la Terre vers un lieu qui lui était très cher. Il restait très peu de gens dans la ville. Tous les purs de cœur quittèrent la Terre après avoir réalisé ce qu'ils avaient voulu accomplir sur Terre.

Thomas était le dernier des purs de cœur à quitter la ville. Il se dirigea vers un énorme champ et s'arrêta devant le plus haut des chênes. Il prit le livre de son sac qu'il tenait toujours à l'épaule, plaça son bâton sur le sol. Et il descendit lentement sur ses genoux pour déposer le livre au pied du chêne où il avait trouvé son bâton lumineux, il y a de cela quelques années.

– Votre héritage doit être transmis à quelqu'un d'autre. Quelqu'un devra venir ici, vous trouver et découvrir ce qui est lié au sein de votre couverture. Je dois vous laisser à votre propre destin... Au revoir, mon cher ami.

Reprenant son bâton du sol, il leva le bas de sa longue robe, pour qu'il puisse reprendre pied, Thomas jeta un dernier coup d'œil sur le livre et le chêne, et s'éloigna. L'alchimiste n'est jamais retourné à cet endroit. Il n'a jamais été revu depuis, près de ce chêne ou n'importe où ailleurs sur la planète. Il s'agissait de sa deuxième et dernière visite sur ce site et du monde des mortels.

Épilogue

Belzébuth, le majestueux Ange de la Connaissance et de la Science accueillit Thomas à son arrivée. Il lui fit une déclaration qui prédisait de grandes promesses pour les futures générations humaines.

— Mes compliments ! Nous avons réalisé beaucoup de choses, au cours des âges. Entre autres, sur la façon de changer ces types de civilisations, qui passent leur vie à écraser et réprimer la population. Il s'agit de pousser sans cesse la capacité de l'homme à s'opposer et à contre-créer, avec des actions conduisant à l'éduquer et l'éclairer, afin qu'il réalise son plein potentiel.

L'homme dans le passé était libre. Et il a la capacité de l'être à nouveau, mais il a besoin de comprendre cela et d'utiliser son potentiel individuel.

De plus, l'humanité a besoin de se réunir pour accomplir cela, car le groupe est plus puissant que les individus qui le composent.

Mot de la fin

Merci d'avoir lu « Quand l'Diable s'en mêle » de Claire Hamelin Manning.

Si vous avez apprécié sa lecture, et si cela n'est pas déjà fait, aidez-nous :

Mettez un commentaire qui aide les lecteurs à se décider. Bien sûr on parle de ceux qui sont intéressés. Ceux qui se demandent si sa lecture en vaut la peine. Votre opinion est importante.

Ce serait très apprécié.

D'avance, un gros MERCI !